坐着
坐着
天就黑了

Life's ups and downs in
the shade of big data

邓一光 著

南方出版传媒
花城出版社
中国 · 广州

图书在版编目（CIP）数据

坐着坐着天就黑了 / 邓一光著. -- 广州：花城出版社，2019.3（2021.7重印）
ISBN 978-7-5360-8883-2

Ⅰ．①坐… Ⅱ．①邓… Ⅲ．①中篇小说－小说集－中国－当代②短篇小说－小说集－中国－当代 Ⅳ．①I247.7

中国版本图书馆CIP数据核字(2019)第050351号

出 版 人：肖延兵
责任编辑：林　菁
技术编辑：凌春梅
装帧设计：刘　凛

书　　　名	坐着坐着天就黑了
	ZUO ZHE ZUO ZHE TIAN JIU HEI LE
出版发行	花城出版社
	（广州市环市东路水荫路 11 号）
经　　销	全国新华书店
印　　刷	北京一鑫印务有限责任公司
	（北京市顺义区北务镇政府西 200 米）
开　　本	880 毫米×1230 毫米　32 开
印　　张	8.75　1 插页
字　　数	165,000 字
版　　次	2019 年 3 月第 1 版　2021 年 7 月第 2 次印刷
定　　价	43.50 元

如发现印装质量问题，请直接与印刷厂联系调换。
购书热线：020－37604658　37602954
花城出版社网站：http://www.fcph.com.cn

1

　　天色暗下来，麦冬把最后一车收集好的落叶推到梅林路口，转移到垃圾储运箱里，喝掉剩下的半瓶矿泉水，留了点水尾子，简单洗了洗手，把工具车推到北林街，在梅林公园古荔区大门对面的马路牙子上坐下，等待天黑。

　　隔着马路，荔枝在渐趋浓郁的山岚中静静看着麦冬。

　　夜幕是个煞急的汉子，匆匆攀上塘郎山，躬身跳过高高的树梢，沿着梅林水库往山下奔来。麦冬猜，夜幕是想从他手中抢走荔枝。他能感觉到荔枝在黄昏的微风中轻轻颤抖，他不能确定，那是因为荔枝感到快乐，还是害怕。

　　现在，麦冬不可能再做别的事情，下班的人们很快会返回家，或者从家里出来，鱼贯走进公园，散步，打太极，舒缓心情，挽留健康，或者寻找一直不肯现身的独特噪音，

坐着坐着天就黑了

麦冬不能在这个时候把马路上的灰尘扬起来，扫大家的兴。

而且，麦冬知道，还有几分钟，那个女人就会出现在公园附近。她总是很守时。

麦冬一直很感谢那个女人。她看不出年龄，有一张南方人特有的脸，目光执着。她出现在龙尾路差不多有三个月了，一次也没有冲他大声喊叫过。她每次都从梅林路方向过来，仰着头从麦冬面前走过，在公园东侧那排高大的红棉树前停下，激动地走来走去，冲着天空大声说话。

"你们很丑，全都很丑。"她威胁着对暗下去的云朵举起单薄的拳头。

"请你们说清楚，我做错了什么？"她认真地偏着脑袋质问它们。

她的珐琅质牙齿在薄暮中闪烁着瓦蓝色的光芒。她会在那里和云朵说二十分钟话，直到它们消失在天空中，再也看不见。

麦冬可以做证，那些乱糟糟的云朵，它们只是急匆匆来，急匆匆去，一次也没有理睬过她。

麦冬 31 岁，是一名保洁员，负责打扫这座城市的一条街道。准确地说，街道的名字叫龙尾路，位于离中心城区不远的塘郎山脚，附近有一座公园、一所小学、一家危险物品处理站、一座关押重要人犯的拘留所，几乎没有建筑工地，那个规模不大的住宅小区，生活垃圾严格按照分类法处理，所以，麦冬的工作环境并不复杂，他要对付的主要是落叶。龙尾路从塘郎山脚通向梅林路，沿路满是高大乔木，榕树、木棉树、人面子、火焰木和大叶紫檀，它们在整个四季都在生长和掉落。每隔两天，麦冬会和另一名同事静静站在梅林路路口，等着所里派卸载车来，把大量树叶拖走。他站在那里的时候，路人会把他看成一棵树。

麦冬喜欢龙尾路，他觉得这条安静的街道就像一位患上了失忆症的父亲，害羞而紧张地怀疑每个匆匆走过的路人都是他的儿女。麦冬奇怪地认为，这条街道有点像他，不同的是，那些走过的人当中没有荔枝，荔枝在公园里。

路灯在七点钟准时亮了，夜色在路灯亮起的一瞬间突然降临，塘郎山消失在夜幕中。

现在，麦冬可以下班了。

麦冬从马路牙子上站起来，推着工具车离开北林街，朝"阳光天下花园"小区走去。一只有着粉红色羽翼的山椒雀斜着身子冲到他前面，从路边喙起一根优化乳吸管，激动地朝塘郎山方向飞去，接下来，那里的某个草丛中，会有一场小小的家族狂欢。

2

麦冬走进"阳光天下花园"地下车库。正是车辆归库高峰期，发动机的运转声和车胎摩擦地面的刺耳声在地库里撞来撞去，那些声音像一些找不到家门的顽皮孩童，喜欢试试每一道墙和每一个角落，快速推动它们，然后跑开，去另一个地方寻找回家的通道。

麦冬走进负二层的工具间，将防风垃圾铲、垃圾收集器、带轮垃圾斗、吸污机和垃圾车洗干净，把垃圾分捡袋清理好，开始捆扎扫帚。工具间是社区工作站向"阳光天下花园"物业公司租赁的，供麦冬和另一位同事存放工具，充当更衣间。每过两天，麦冬都会把扫帚重新捆扎一次，让它用起来更顺手。捆扎扫帚比清扫垃圾要容易得多，比清扫来去匆匆的岁月更容易，麦冬干起来很从容。麦冬喜欢捆扎扫帚的工作，每当这个时候，他都安静地坐在工具间中央，隐约听着身边粗糙的钢筋混凝土浇铸件中传来多年前建筑工们遗落下的神秘交谈声，一点一点把扫帚绑扎结实。

麦冬的摩托车也停在工具间里。10个月来，它一直停放在角落里，从来没有离开过。一辆仿GP赛车，值得期待的伙伴。每过一段时间，麦冬就会仔细把它检查一遍，确保它能够随时冲出车库，以160公里的时速行驶在京深高速公路上，这也是为什么麦冬会选择4缸引擎和高转速短轴距性能车的原因。

总有一天，麦冬会离开这里。

总有一天。

麦冬捆扎好扫帚，将它归整在角落里。现在，他可以离开车库了。

没有人知道，在"阳光天下花园"B座，麦冬有一张七尺长的床垫，并且在那里度过了整个秋天、冬天和春天。他还要在那里待过初夏季节，那张床垫够用了。

　　通常，麦冬会从车库里进出大楼，避免与人接触。这是杨铿锵为麦冬设计的路线。这个星期杨铿锵值白班，他叮嘱麦冬，夜里8点半业主返家高峰结束前，不要出现在大楼里，不要走大堂电梯间，以免引起业主和当班保安的猜疑。

　　杨铿锵是"阳光天下花园"的保安组长，快四十的人，个头矮小，身体结实，有一个爱因斯坦般巨大的脑袋，一双不成比例的大手，让人怀疑，他手里攒藏着一大堆《相对论》的手稿，随时可以亮出来吓人一跳。杨铿锵的另一个身份是麦冬的室友，或者不如说，麦冬的二房东。他用麦冬支付的租金，在"阳光天下花园"B座3A为他俩租下两居室物业中的那间客厅。业主是一对长年在新加坡工作的医生夫妇，他们相信杨铿锵。杨铿锵是老资格的保安，在保安公司有良好的星级记录，包括一次与两名盗窃者搏斗事迹和一次翻窗救下坠挂在空调散热器上的孩子的勇敢经历，那两次他都受了伤，这为他积分入户的万里征途赢得了若干步奖励。业主希望善良勇敢的保安组长杨铿锵发扬光大，替他们照看好长期不会使用的物业，因为这个，他们只向杨铿锵象征性地收一点租金，而杨铿锵是这份可贵信任的承受人，有充足的理由要求麦冬承担这笔费用，同时一点也不脸红地克扣下麦冬支付的市价房租的大半数额。

从龙尾路走路不到30分钟,向东到上梅林,向西到下梅林,那里的城中村中有大量从8人到12人合租的鸽笼房,一张床只需支付300元。麦冬宁愿花两千元在龙尾路上租下一间客厅,而且睡在铺在水泥地上的床垫上。在这座城市,麦冬唯一的牵挂就在梅林公园,他不会去别的地方寻找住处。

麦冬脱下反光安全背心,去水龙头边洗过手,沿来路离开车库,回到龙尾路。一辆白色的比亚迪轿车从梅林路方向驶来,停在龙尾路东的路口,驾驶座上坐着一位戴无镜片眼镜的年轻女人,她凝滞在车里,目光中有一丝犹豫。过了一会儿,年轻女人把车开到"阳光天下花园"旁停下,继续凝滞。也许她在考虑是否下车,走进灯火通明的大楼,去找某个人。但她终于把车开走了。

很多时候,人们总是犹豫不决,小心翼翼地觊觎脚下的半尺阴影,躲开那些本该拥有的亲人或者爱人,让必然的生活结果变得越来越少,最终让自己成为偶然性的无期囚徒。在整个事件中,建筑扮演了一个猥琐的媒介,它的最大功能是把人们割断,同时囚禁误解。相爱的人常常被分隔在两套单元中,终日厮守着自己,在黄昏到来时,按时伤透彼此的心。

这么说,生活就是建筑,人们总是在活着的时候,迫切地为自己寻找一所监狱，让自己成为监狱中的囚徒，然后从那里直接抵达坟墓。

城市也一样。

麦冬在这座城市没有亲人。这座城市曾经充满活力，成为大量内地人向往的地方，奇怪的是，长期以来，它却被对它充满欲望的内地人轻蔑，同时被一河之隔的香港排斥，不到40年，作为世界上最年轻的大都市，它已经耗尽了激情，流露出足够的衰老和胆怯。

麦冬的亲人在内地另一座城市，那座城市叫武汉。麦冬的亲人对他固执地背井离乡，跑到伶仃洋边这件事情感到强烈不解。他们不能接受他为一个已经离开他的女孩做出这么大的牺牲，何况，麦冬的行动本身充满了危险。生活不可能重新来过，城市不可能回到蛮荒和青葱的乡镇模样，人们也不可能再年轻一次，麦冬那样做实在幼稚。

麦冬向梅林公园方向看去。公园在夜晚变成了另外一种样子，让人认不出来。麦冬不知道公园里的生命在夜晚是不是也会变化。如果是阳光明媚的黄昏，通常路人稀少，麦冬会坐在公园门口，和他的扫帚一起，一块守护着荔枝，静静地看一片片树叶从枝头缓缓落下。麦冬喜欢在那个时候猜想，那些树叶活着的时候，除了轻佻的晨风、惊慌的豹斑蝶、好动的红颊鹎、警惕的肥螈，那些正在坠落的树叶的生命中，还发生着什么？麦冬那么猜想过后，会对空空如也的公园大门咧开嘴笑一下，轻轻叹口气，起身离开那里。

他知道，荔枝会看见他。

总有一天，他俩会一起回到家乡去，那里有两条著名的江河，有潮湿闷热久不消却的夏季，以及一些流传至今的古老的杨柳枝歌谣，他们不会感到陌生。

3

夜里9点，麦冬回到"阳光天下花园"车库，从那里搭乘B座的货梯上到三楼，返回3A住处。

屋里开着灯，杨铿锵已经回来了。也许一整天他都没有离开B座3A，这取决于今天他是不是休班。客厅北边通向露台的落地窗被厚厚的窗帘遮住，杨铿锵在练习走路，麦冬进门他也没有停下。他用一种看上去十分奇怪的步子，从客厅的一个角落走向另一个角落，停下来琢磨一阵自己的步子，再以同样的姿势走回原地。他脑门上浮着一层细微的汗毛毛，也许之前他还练习过一些别的什么，这得看麦冬昨天教过他什么内容，他今天需要练习什么。

"别夹着腿走路，让人看出你是一个逆来顺受的听命于他人的人。"早先一段时间，麦冬会忍不住批评他，"别耸动肩膀，那只能说明你在担心和回避，缺乏担当。"

杨铿锵站下来，张大嘴困惑地看麦冬，一条腿像受了伤似的拖在身后。他下意识地把下颏往回缩，这让他一点都不像握有量子力学解释大权的爱因斯坦。

"别像孕妇那么夸张地站着，"麦冬放下手中的水杯，指着杨铿锵拖在后面的那条腿，"你没有生育孩子的能力，腿稍微叉开点就行。对了，这样好多了。现在往前走，放松，保持舒适和自信的状态，告诉别人，你习惯使用权威，你说了算。"

杨铿锵慢慢提起双肩，像一只想要缩回脑袋的加拉巴哥象龟，迟疑地考虑要不要迈出那一步。他拉了拉衣领，好像那件在淘宝上花15元买来的仿棉衬衣是萨德导弹防御系统，压得他喘不过气，他需要卸下这个包袱。

"别这样，"麦冬不耐烦了，这套动作他教过他不止一遍，实验鼠都学会了，"别告诉人们你对你做的事情缺乏信心，胸膛挺起来，目光自然地投向前方。好了，走吧。"

杨铿锵可怜地看了麦冬一眼，僵滞脖颈慌乱迈出脚步。他踢到自己的脚跟，差点摔倒。

"是什么让你张皇失措，非得贴着墙根走？"麦冬的忍耐到了极限，"说了一百遍，走路的姿势表现你的性格、情绪和态度，步履沉重、悄悄潜行、拖着脚步、踮着脚都会让你露出破绽。你有充分的理由占据主道，用不着改变姿势和步伐，去适应迎面过来的人，除非一辆失去控制的载重货车冲向你。"接下来，他差点没被慌不跌地的杨铿锵气炸，"不，不不，你不是查理·卓别林，别那样刻意和夸张！"

杨铿锵终于不知所措地站下，额头上冒出热气。他的两只大巴掌无辜地摊在那里，看上去，他手里并没有完美解决高速运动问题的相对理论手稿，因此超级不爽。

　　"你手里攥着炸药，非得撒开吗？"麦冬哭笑不得，被对方的反应弄得同样不快，"我说过，如果你想表达自信，那就使用塔式手势。那些成功的企业家、法官、政客和军人身上，你看到的就这种保留式手势。如果你需要人们的信任，在陈述事实时，别摊开你光秃秃的巴掌，那是在乞求。手掌向下，你只需要说明情况。"

　　"请，不要用这种口气，和我说话。"杨铿锵愤怒地盯着麦冬，像大人物似的朝天花板举起食指，好像他打小没有习惯使用塔式手势，完全是麦冬的责任，他没有成为一个成功人士也归麦冬负责，"请，按照我俩的约定，和我说话要有礼貌。"

　　麦冬不无嘲讽地笑了一下，以此代表下课的铃声。他绕过杨铿锵，走进厨房去做饭。

　　他们只租下了这套物业中的客厅，不是全套。房子没有装修，业主允许杨铿锵使用厨房和客卫，其他两个房间连同主卫的门锁上了。麦冬和杨铿锵两人都没有长期住下去的打算，房间经过简单打扫，麦冬在网上淘了两张单人床垫、一张简易桌、两把折叠椅和两个两门衣柜。杨铿锵和这个楼盘的业主们的关系不错，他弄来一些业主淘汰掉、品质不算差的厨具和一台洗衣机，这为麦冬节约了不少开支。

目前的花销，麦冬还掏得起。以他的经济能力，他甚至能够按照市价租下整套物业。但他觉得没有必要。

麦冬泡了几只楚雄产野山菌，大米淘洗过后滴上少许植物油，用电饭煲煲上，洗了两截腊肠，切片，准备等水快煮干时连同野山菌和姜片一块放进去，米饭快焖好时再放胡萝卜和西兰花菜，打两只蛋，再煮5分钟，关火，焖15分钟，淋上老抽、生抽、蚝油、香油和砂糖调制的味汁。一道既节约时间又能保证营养的腊味煲仔，麦冬到这座城市住定后就决定选择它作为平时的晚餐食谱。

杨铿锵拒绝做饭，他只负责吃。偶尔在路边便民车收摊时，他会买一些折扣菜和快变味的猪肋骨回来，至于洗碗和收拾厨房这些家务活，他绝对不做。杨铿锵不喜欢腊味煲仔饭。麦冬刚搬进B栋3A时，以为这与湖南铬大米事件后南方人的公众心理阴影有关，后来知道不是。杨铿锵正在适应一种全新的生活方式，这种生活方式排斥腌制品以及一切不健康的粗俗饮食，同时决定他不用亲自做饭、洗衣和整理内务。按照杨铿锵的解释，在不久的将来，他的个人生活均应由管家团队打理，只是，这个团队眼下还在计划中，家务活暂时只能由麦冬替代。如此，麦冬做饭时，总会为杨铿锵拌一盘生菜，或者煮一锅皇帝菜，用红椒丝、豉油和沙茶酱调味，这样，杨铿锵的肚子就不会在40岁以后绝情地隆起，因为过早发福的体态而破坏掉他的人生计划。

杨铿锵的人生计划非常宏伟，他准备把自己变成另一个人——不是另一个自己，是另一个别人。这件事听上去有点不可思议。更不可思议的是，杨铿锵打算变成的那个人，是个非常富有、权力无比的人。

计划的大致内容是，在杨铿锵的想象中，有这么一个男人，他资产数十亿，在行业中的影响力涉及整个东南亚地区，是典型的成功人士。杨铿锵正在努力学习，让自己成为这位成功的大富翁，学着像他一样看待世界、思考问题、举手投足、说话和做事。为此，他花了整整 3 年时间来实施这个变身计划。按照杨铿锵的解释，只要他有足够的决心和毅力，坚持下去，总有一天，他会从自己的身体中消失掉，他的躯体中会生长出那个想象的大富翁。

"我们都会消失在这座城市里，"杨铿锵心不在焉地扒拉着碗中的煲仔饭米粒，很有把握地告诉麦冬，"你滚回老家，我留下来，以新人的面目出现在人们面前。"

第一次听杨铿锵说他的计划时，麦冬忍不住笑了。那是他俩刚认识的时候，离现在有几个月了。麦冬很长时间没有笑过。两年了吧。他觉得这是他听过的最不可思议的"人生计划"。你可以把它叫作励志什么的。但无论灵魂升天已经七十多年的西格蒙德·弗洛伊德怎么歇斯底里地强调幻想是创造力和精神生活的核心，麦冬也想象不出，没有任何背景，连中专都没有读过的杨铿锵，怎么才能做到身为一名地位卑贱收入寒酸的看门人，却揣着一副画卵雕薪的富翁肚肠和强大到足够支持妄想的心脏。麦冬实在受不了杨铿锵趾高气扬的口气，直截了当要杨铿锵去男科医院检查一下生殖器官——杨铿锵意识层面的幻想目标是个强有力的男人，这和他本人的实际情况相距甚远，这种幻想性行为在潜意识中属于典型的自我悲观心理病案，病因指向生殖器的弱小和无助，患者在为他可怜的小弟弟寻找一个强大的替代品。

麦冬没想到，他好心劝告的结果，却令他自己颜面扫地。

杨铿锵毫不犹豫地解开腰带，扒下底裤，向麦冬展示出他硕大无朋的家伙，愤怒地告诉麦冬，他和好几个女人睡过，前任是在龙岗一家电器厂打工的同村村花，因为他决定改变自己，才毅然断绝了和女人的联系，无论村花还是用神器约来的女人，她们都可以证明，他之前给她们带去了多少意外和惊喜。

麦冬知道自己碰上了一个自恋型强迫症患者，他开始同情杨铿锵了。也许杨铿锵应该邀请他妈妈一起来共同完成他的伟大计划，那样他就能和自己的妈妈生活在一起，在变成大富翁的蝶变过程中，用不着吃腊味煲仔饭和喝大麦茶了。假使杨铿锵在高度仪式化的情景体验中能够再往前迈一步，幻想不是他，而是由他妈妈嫁入五陵连云的豪门，成为一位病入膏肓而又无后的老富翁最后一任妻子，那么，他用不着等太久就能完成他的变形计划，不会吃那么多苦头了。

饭做好，麦冬叫杨铿锵吃饭。杨铿锵不高兴麦冬打断他练习，但也没说什么。他俩站在厨房里，分别吃完自己碗里那一份，其间一句话也没说，然后杨铿锵把碗筷丢在水池里，回到客厅继续练习。

这一次，杨铿锵换成表情练习。他对着一面镜子认真地练习富翁标配的率真、害羞、腼腆、谦逊、诙谐、思索、自信、奉承、微笑、大笑、满足、幸福、快乐表情。他投入的样子，活像一出哑剧中生涩的实习生。

麦冬洗完碗筷，回到客厅，清理两人要洗的衣裳。他站在那儿看了一会儿。他想告诉杨铿锵，人的表情不止这些，单纯的良性情绪无助于杨铿锵在完整塑造目标的表情和人格上获得满分，杨铿锵要学会幻想中偶像的情绪表达，还得加上皱眉、叹息、惊讶、紧张、压力、恐惧、忧虑、小心、笨拙、厌烦、受伤、沮丧、坐立不安、痛苦不堪、生气和愤怒训练，对富翁来说，这些表情也许更真实。

但麦冬最终什么也没有说。他希望杨铿锵一直这么练习下去，别来打扰自己。

在等待洗衣机完成全部洗涤程序时，麦冬站在厨房朝北的窗户前朝楼下看。物业公司在大楼前平台上摆放了大量盆栽植物，非洲紫罗兰和金娃娃萱草之类。它们本来长在厄立特立亚平原炎热的阳光下和丹佛山区滋润的雾气里，自然有序，如今被人们从泥土中挖出来，改为盆栽，人们却不知道它们的前世。花盆是水泥浇铸的，用某种工艺仿制成陶器。麦冬在想水泥的前生，它们是石灰石或泥灰岩，是另类泥土，如今，它们从自己兄弟手中夺下植物，成为植物的囚禁和戕害者。

子夜到来前，麦冬洗完衣裳，冲过凉，结束了当天的一切工作。杨铿锵已经睡了。他在练习上遇到了麻烦，有点苦闷，不像往常一样，热衷于缠着麦冬讨论富翁与人交往时关心的那些问题，这让麦冬松了一口气。麦冬把灯关上，去床垫上躺下。

在整个春夏交际的夜里，麦冬的头发像一座奶牛场，一直散发出奶香味道。他静静地躺在那里，一只手从被单下慢慢抽出，伸进空气中，感觉他的手正在穿透某种薄暮般的隔膜，探向一个未知的世界。

麦冬让手停留在那儿，让它像一只渴望生长的罗汉竹笋，决不再回到闭合的泥土中。

他和它会一直那样，直到黎明到来。

总有一天，一只柔弱的小手会隔着冷冽的空气怯怯地伸过来，触碰到麦冬的手，然后轻轻抓住它。

麦冬知道，荔枝在那边，她会找到他。

4

凌晨 5 点半,麦冬推着他的工具车准时出现在龙尾路上。没有人注意到他是怎么出现在那儿,他从哪儿钻出来,走上树叶飘零的街道。

人们从不注意麦冬,他们在意的是路上是否有过多的落叶。无论哪个季节,落叶都会让早起晚归的人感到岁月逼催,心情黯然。他们快步走过麦冬身边,躲开麦冬和他的扫帚,害怕碰上他和它。麦冬会在他们快要接近的时候停下来,等待他们从他面前走过,然后继续清扫落叶。麦冬不负责和路人打交道。你无法讨好行色匆匆的路人,赢得他们的喜爱,也无法帮助他们走出经久不散的抑郁情绪,这一点,麦冬比谁都清楚。

通常,麦冬打扫完龙尾路上的落叶,会顺便把北林街上的落叶打扫干净。北林街是龙尾路的一条岔路,距离不长,属于另外一个保洁组管,但麦冬愿意多出一份力气,把这条安静的小路打扫干净,因为梅林公园古荔区的大门就在这条路上,荔枝就在公园里。

和往常一样,麦冬开始工作前,会坐在马路牙子上,向梅林公园里看上一会儿。5 分钟吧。此时,公园门口有一位困惑地朝山上看的老人、一个锻炼完身体打算偷偷抽一支烟再回家的中年男子、一只可能受到野生同类袭击而闷闷不乐夹着尾巴离去的流浪猫。现在，公园是安静的，塘郎山也是安静的，天地之间那片弧形空域间，浮现着光线丰富的云层。麦冬猜不出那里藏着一些什么，但他相信，那里会有一些他熟悉的人。

天还没有亮，麦冬开始了他的工作。

街道两旁的树木是安静的生命，它们对麦冬熟视无睹。落叶铺陈在路上，如果没有人经过，它们静静地躺在那里，有一种令人伤感的没落。经过路人践踏后，它们会变成一小堆一小堆褐黄色的碎屑，沿着路面铺向远处。风一来，如雨的树叶纷纷从枝头坠落，蜂拥蝶舞。每逢这个时候，麦冬就会停下来，像一个旁观者，安静地看树叶和叶屑顺着风，跟着路人，飞出一段，再落下来，这让麦冬和他的工作关系呈现出朴素本色。

麦冬喜欢他现在干的这份工作。

除了简单的工作餐时间，麦冬基本上不休息，他会连续工作 12 到 14 小时。现在他停了一会儿。

一个模样不到两岁的孩子兴致勃勃朝麦冬走来。孩子刚学会走路，他身宽体胖的祖父或者外祖父跟在他身后，认真地为他数数。孩子捯撒着两只小胳膊，摇摇晃晃向前走，看上去每一步都很危险，接下来会摔得头破血流，但他成功地从麦冬身边走过，留下一串喜悦的欢叫。

有一阵，麦冬看见一只困惑的红颊鹎，它站在公园前的台阶上，目光穿过不断落下的树叶，和麦冬的目光相遇。

它高高竖起的冠羽和红色的脸颊使它像害羞极了的少年。麦冬的心里有一种淡淡的感动，没来由地想，也许它不是它，而是另一种生命的他。

麦冬来到这座城市只有 10 个月，做保洁员的时间不到 10 个月。他前一个身份是退役政府公务员。这个身份保持了一年零两个月。再往前，他是一名刑事警察。

麦冬希望那些被他用 92 改警用手枪打碎脑袋的人，那些被他用枪口顶住脊梁，最终进了班房的人，能够尽快忘掉他。他希望他们中间的有些人不要在阴暗的监狱里待得太久。他还希望——几乎不可能——他们的亲人不会因为在漫长的岁月中不断地诅咒他而增加更多的苦恼。

下午 3 点多钟，麦冬打扫完龙尾南路和梅北西路，趁这个工夫，他去梅中路上一家快餐店要了一份番茄炒蛋盖饭，找一个僻静处很快吃完，然后继续工作。黄昏到来的时候，他已经打扫完北林街，接下来，他将自己责任地段的 28 个垃圾箱里的垃圾清理走，换上干净的垃圾袋，将分拣好的垃圾拖到梅林路路口，与其他社区收集来的生活垃圾堆放在一起，然后返回北林街，在公园对面一棵大叶榕下坐下。

现在，他可以休息一会儿，等待天黑了。

从麦冬坐着的地方，可以看到梅林公园古荔区的一部分，再往上，就是梅林水库。公园是塘郎山南麓余脉，最早是一片植被茂密的山岭，一些岭南典型的热带植物、动物、鸟类和昆虫祖祖辈辈生长在这里。差不多40年前，第一批从内地蜂拥而至的外省人来到这里，砍掉植物，盖起梅林小区，在山脚下修建了一座大门，将剩下的地方建成一座郊野公园。

麦冬不知道当年那些外省人，他们现在在哪儿，有多少人成为落地移民；他们从关外翻越铁丝网入关的时候，是不是潜藏在塘郎山的山岭中，任冰冷的闪鳞蛇攀上后背，再贴着皮肤滑开，恐惧陡生，自尊尽失。汗水渍疼他们的眼睛，他们咬着手指啜泣，在心里发誓，今生一定要做人上人，将后代生在此地，成为家族令人敬仰的新晋祖先，而不是无人知晓的植物和昆虫。他们当中有人已经离开了人世，有人一事无成地离开这座城市，返回内地，或者去了香港，以及澳大利亚、欧洲或美洲。麦冬很想知道，那些活着的人，他们是不是还记得这座公园。如今，麦冬逗留在塘郎山脚下和公园东家西舍。在此之前，他去过不少地方，不知道还会去多少地方，在那里停留多久，这取决于他是否在那里思念过一个名叫荔枝的女孩儿。

麦冬常常无法摆脱这样的念头，他在想念荔枝的时候，她在做些什么？她会不会有一种突然袭来的灵感，因此放下手中正在做的事情，四处张望着寻找他，或者哪怕稍许想到他？麦冬确信，他已经失去她了，但她真的不再记得他了吗？真的对他一点点记忆也没有了吗？

荔枝有一双无与伦比的眼睛，那是麦冬知道的世界上最美的眼睛。麦冬喜欢她赖在他怀里，喜欢她在听他说，他用枪口指住罪犯的时候，睁大眼睛吃惊地瞪着他时的样子。麦冬希望荔枝知道，在他潜入无边黑暗时，他有多么顽强，在他扑向罪犯的时候，他多么有力量，他能做到他想做到的一切事情。他会提醒她，她可以瞪大眼睛看着他，但完全没有必要做出吃惊的样子。

有一天半夜，麦冬突然从沉睡中醒来。他发现荔枝站在他床前，穿着那件他熟悉的公主睡袍，目光明亮地盯着他。

她问："你还活着吗？"

又问："你会被坏人打死吗？"

麦冬记不清他是怎么回答她的。应该没有。也许他还沉浸在方才的噩梦中。他记不清自己有多少次没有回答她的问题。回答不了。麦冬只是无法忘记她的眼睛。她的眼睛在黑暗中非常明亮，那是因为恐惧而发出的光芒。

麦冬不能告诉荔枝，他的世界，她无法理解，也不能进入。他甚至无法向她解释，他在从事什么样的工作。危险的罪犯是他工作的对象，他必须用暴力手段尽可能多地解决掉麻烦——用引诱和胁迫掌握线人，用鞋尖和枪柄制伏罪犯或嫌犯，在第一时间把自己变成一头完全疯掉的比特犬，在 3 秒钟内把对方的脑袋咬下来，只有这样，他才能制伏比他更聪明更有力量的对手，或者从他们手中脱身，保住性命。

麦冬害怕荔枝知道他生活中的丑恶和残酷。那几乎是他生活的全部。它们不由分说地主宰着他。他希望自己是一个天使，或者说，他曾经是，想要一直是。但天使不可能战胜魔鬼，这就是他注定的命运。他只能做魔鬼，而且是在黑暗中最强大的那一个。

在已经活过的 31 年中，麦冬没有富裕过，也没有贫穷过。他没有参加过战争，也没有遭遇过瘟疫，只是在电影里看到过火山爆发、海啸和地震。他离它们很远，但他却把荔枝弄丢了。

天色快速暗下来，路灯亮了。现在，麦冬可以离开北林街，回到"阳光天下花园"车库，清洗好工具，并且再一次检查他的机车了。

5

和前一天，以及很多前一天一样，不当班时，杨铿锵会一直待在 B 栋 3A，发狠地完成麦冬给他布置的作业，然后用蹲马桶的时间练习潮汕话。这是杨铿锵为自己制定的课程，就像很多来岭南捞世界的北佬所做的那样。只是麦冬搞不懂，大多南下打拼的人，他们学的都是广府话或港式白话，源自闽南莆田的潮语只在固执的河洛民系人群中使用，反倒是小语种了，杨铿锵的选择有点奇怪。

白天，如果阳光不错，杨铿锵会从小区里出来，和在龙尾路上工作的麦冬说上两句话，然后撇下麦冬，热情地去帮助小区业主们做这做那。杨铿锵是个热心快肠的人，有公益心，看见谁遇上困难就忍不住伸手帮忙。只有麦冬知道，杨铿锵给人帮忙的时候，身体里活着一位虚拟的大富翁，内心充满了居高临下的存在感。

麦冬知道，很多人都有想变成别人的愿望和冲动，但他从没听说过，有人固执地要用想象去实施这一计划。他觉得这种事情太可笑。麦冬有点替杨铿锵难过，他把异想天开的室友看作物欲时代爱慕虚荣的移情典范。他想起自己7岁时，有一次，把一片不想吃的肥肉偷偷丢给一只狗，妈妈忧郁地看着他的悲悯眼神，从那时起，麦冬就知道，人们不是在为自己活着，他们注定要把自己变成另外一个人。

麦冬经手过一个案子，他抓住了15岁的嫌犯，这个身体单薄的少年残酷地杀死了3只狗和11只猫，并且用绳索勒死了一名老年乞丐，作案动机只是因为他妈妈多次向邻居埋怨他长得不好看。他认为正是这个原因，父母才不断地打架，而他不希望人们知道这个秘密，那些被害者看他的眼神，让他怀疑它们和他知道了这个秘密。

在另一个案件中，两名嫌犯落网。麦冬和同事们简直惊呆了，他们没有想到，制造了8起总价过千万的跑车焚毁案的江洋大盗，竟然是两个四肢修长、貌美如花、家境富裕的少女，她们作案的动机，不过是因她们认为，自己乳房小，全怪疾速的风造成，她们决定让世界上所有的跑车都从人间消失掉。

住进"阳光天下花园"B座3A后，麦冬很快发现，杨铿锵也是一个嫌犯，只不过，他不是少年杀手和平胸少女，他头脑清醒，意志力强，始终不渝地在网络上搜索一些和富翁生活有关的信息，热情洋溢地参与网上财富论坛讨论，他给自己取了一个网名，叫"等待配型的知更鸟"，这个名字相当有创意，看上去，这个变装者毫不怀疑自己能够凭借虚拟现实来完成一次疯狂的生命置换，并且一点也不觉得自己的计划有什么可笑之处。

麦冬不是"等待配型的知更鸟"计划中的一部分，他偶然中闯入了杨铿锵的私人生活，而杨铿锵恰好又需要他这个闯入者。

杨铿锵需要把自己变成另外一个人，麦冬的出现帮助了他。麦冬让杨铿锵知道，他一点也不像自己的目标对象，为这个，他差点儿宰了麦冬。

那是9个月前的事情，麦冬来到这座城市两个星期了，他去梅林公园看望荔枝，在那里遇到一个小个子中年男人。小个子中年男人在草地上打太极拳，他穿着一套舒适的春秋季限量版休闲装，体魄结实，手掌出奇地大，身体有点下意识地向一边倾斜，好像要去捉那些在他身边飞舞着的黛眼蝶。麦冬路过时，他停下练拳，和麦冬搭讪，向麦冬滔滔不绝地讲述他曲折的人生和奇迹般的成功史——一个父母和老师都不喜欢的孩子，20世纪70年代末赶上最后一批逃港大潮，拼死泅过深圳河到了香港，受一位令人尊重的隐性富翁照顾，经过打拼最终走上财富之路，成为一名成功的商人和慈善家。

在这座城市大大小小的公园里，你总会见到一些老男人，他们当中有人在上个世纪七八十年代从内地来到珠三角地区，有一段不与外人道的打拼史，三两栋价格不菲的物业，几段婚姻或情事，数个公开或匿名的子女，40年后他们老了，做不到叶落归根，开始在这座城市养老，身边却连一个亲人也没留下，只能以阳光和变幻莫测的天气为伴，打发所剩无几的日子。所以，这座城市的200多座公园不收门票，成为流浪猫狗和成功老男人的盘桓场所。但这位急切地想和随便什么人攀谈的中年男子显然不是他们当中的一个。麦冬对财富传奇故事的主人公充满尊重，他只是不想被人毫不商量地拦下，扰乱他看望荔枝，这个自以为是的男人的无端纠缠破坏了他的情绪，因为如此，他教训了那个男人。

"如果像你说的，"麦冬瞟了一眼中年男子巨大的手掌，然后看着他的眼睛说，"你是一位令人尊敬的成功人士，就别把手指交叉起来，别把拇指插进裤子口袋，别像害怕从妈妈身边走失掉的孩子，紧张地揪住衣角，那是地位低下和自卑者通常的行为。"

"什么？"中年男子愣住，一脸无辜地看麦冬，"你胡说一些什么？"

"没有任何成功的商人愿意穿着水版 Armani 到处招摇，"麦冬并不打算饶过对方，"你还没有老到能在 70 年代末泅过深圳河，爬上新界的河界，然后去警察局领取临时入境证，除非你是哪吒小子，能在 3 岁之前学会蝶泳，并且以每秒 820 米的奔跑速度逃过边境公安的 54 式自动步枪子弹，"看见对方意乱神迷，麦冬心里涌出一丝罪恶的快乐，他决定把对方钉死在谎言的耻辱柱上，"而且，在说到你了不起的致富经历时，你干吗要眯起眼睛、脖子僵硬、鼻翼扩张？你想掩藏什么，不光彩的成功史？"

中年男子惊愕地站在那儿，有点被吓住，或者说，被自己的愚蠢击中了要害，可他显然不愿意接受失败的事实。

"你是做什么的？"他问麦冬。

"你问现在还是过去？"麦冬毫不客气地反问。

这个中年男子就是杨铿锵。在苦苦练习了三年改变术后，他开始寻找不认识的人做测试仪，验证他是否变成了另一个人，没想到，他遭遇了麦冬，这使他在严重的挫败后受到深深的伤害。

一开始，杨铿锵并不相信一个人能洞穿他人的内心，就像他不相信会遇到一个能说人话的蟾蜍。他缠上了麦冬，要求麦冬展示他鬼魅的读心术，并且很快做出选择。他提出一个听上去不那么靠谱的交易。他问麦冬愿不愿意成为自己的室友，他为麦冬在一个高档社区提供住处，社区就在梅林公园旁，与公园咫尺之隔，前提是，麦冬免费做他的教员，负责指导和校正他的行为，帮助他变成另外一个人。

麦冬接受了杨铿锵的安排。他没有更好的选择。梅林公园一带的房子非常难租，而他必须在这附近住下来，这正是他来这儿的目的，为此他情愿付出一切。只是，他没有告诉杨铿锵，对杨铿锵那套充满励志色彩的假定性变形幻想，他觉得非常可笑，而且，他对杨铿锵使用的那套识心术，10年前他还是警官学院的一名学生时就玩过，效果相当糟糕。

那一次，麦冬和一位腰际线很高，美丽到令人心碎的心理系外聘女教师站在一棵滴落着雨水的悬铃木下。两个人身上全湿透了，好像他俩刚从雨水急匆匆变成人形，来不及把湿衣裳换下来似的。看上去，姑娘并不像同学们偷偷打听到的比麦冬大5岁，她的蛋形脸几乎还是孩童模样，眉毛上扬，面带压抑住的笑容，长时间地盯着她的学生。

"你在警惕。"麦冬用挑逗的口气对自己的教师说，"你在想，这个冒失的家伙是哪个班的，你该用什么手段给他教训。"

女教师下意识扬起消瘦的肩头，瞟了麦冬一眼，飞快地低垂下眼帘，目光转向别处。

"你在回忆某个人。"麦冬接着挑逗对方，"你在想，这个冒失的家伙让我不舒服，我得把他赶走。"

女教师脸颊浮起一片红晕，扭头不看他，像要睡觉的婴儿把头靠在母亲肩头的姿势，这样就暴露出白皙而脆弱的脖子。

　　"你开始犹豫。"麦冬继续说，有点得意忘形，"你在想，别急，再等等。你开始体味这个家伙的气味，你拿不定主意是不是在梦中。现在你想，不，反正不会有什么出路，不如投降，把自己交给这个危险的浑蛋。"

　　女教师眼睛圆瞪，面露愠怒，然后垂下眼睫，含住下颏，嘴唇微张，样子既性感又顺从。麦冬快速判断那是不是求爱信号，接下来，她是要给自己一个甜蜜的吻，还是一记狠狠的耳光。

　　"哈，你恼火了，"他忍不住大笑，"你在心里告诉自己，你要杀了这个浑蛋。"

　　后来他知道，他按照警校老师教的那套读心术来泡女孩有多糟糕，那完全是一次错误的行动。女教师后来告诉他，她当时愤怒极了，脑子里只有一个念头，和这家伙上床，把傲慢的他干掉，除此之外，她任何别的念头都没有。

　　后来，她成了他妻子，他生命中唯一的女人。

　　人的一生，不是人们能够知道和以为知道的，而是由别人来证明的。

6

连续两天大雨，热带气流带来大量雨水，将城市洗涤得焕然一新。

麦冬和同伴穿着雨衣，拖着疏通机，在滂沱大雨中穿行在片区里，检查下水道，疏通拥塞口，防止垃圾把泄洪口堵住，连喘气的机会都没有。

中午的时候，麦冬处理完最后一处泄洪道堵塞物，回车库换了件干衣裳，返回龙尾路，同伴过来了。他是一位有着两个未成年孩子的湖南男人，已经在这座城市生活了19年。让麦冬惊讶的是，他是在这座城市里成的家，妻子是他的邻村人。一对过去从来没有见过的邻村男女，在一座两千万人口的城市里相逢，并且建立了他们的家庭，这有多么奇妙！麦冬和同伴站在林荫道上说了一会儿话，关于一个社区偷偷往马路上倾倒生活垃圾的事。他们站着的地方紧挨着一个小小的报亭，报亭出售一些符合一些人口味的报纸和杂志，它们和麦冬无关，和这座城市的大多数人无关，由某种文化资金扶植，属于另外一种落叶。更远一些，在上林街尽头，有一座狭小的绿色船型售货亭，一对安徽籍中年夫妇在卖包子，他们出售素菜馅和果仁馅包子，搭配自磨豆浆，每卖出一笼包子，夫妻俩就轻轻叹息一声，像是卖掉了自己的孩子。

雨过天晴，三个小姑娘，大约 4 到 6 岁，沿着"阳光天下花园"弯弯曲曲的轮椅道冲下来，尖叫着从麦冬面前滑过。她们戴着彩色的橄榄型安全帽，穿着旱滑鞋，她们的教练是一个脸上长着青春痘，染了香槟色头发的少年。他开心地鼓励她们当中最小的女孩，让她调整姿势，松开轮椅道旁的把杆。她看上去只有两岁，戴一顶七彩瓢虫安全帽。年轻教练在她撅着的小屁股上轻轻拍一下，她像一粒被风鼓动的松子，跌撞着弹了出去。

他们没有注意到麦冬。

那个胆小的女孩，让麦冬想到了荔枝。

要是换了荔枝，她会怎么样？会不会因为旱滑轮速度太快而惊慌失措？她和那个戴七彩瓢虫安全帽的小姑娘一样胆小，但她的身体柔软得像水母，她不会像一粒松子似的跌撞着弹出去，而是会无助地吸附在仿石墙上，不知所措地回头寻找麦冬。

每一个男人都强烈地渴望过一个女儿，并且诅咒命运不把一个美丽女儿送到他怀里。女儿是他们在前世曾经遭遇过的美丽魔咒，善良、有同情心、拥有鲜花绽开般的笑脸和泉水般的眼泪，他们将她遗失在之前那个世界里，自己来到这个世界，因为如此，他们自由但不快乐，富有但孤独，这就是无数男人不肯说出的秘密。

麦冬还记得，荔枝来到这个世界时，他和她妈妈开心成什么样。他们被命运带给他们的小生命弄得不知所措，两个人差不多傻了。

荔枝的头发很柔软，每一根头发中都藏匿着一个会说话的小精灵，眼睛是松鼠一样的颜色，那是麦冬知道的世界上最有魔力的眼睛。她和别的新生婴儿不同，是唯一不哭闹的，在别的婴儿吃饱了奶呼呼大睡时，她瞪大眼睛到处张望，无端地咯咯笑，就好像空气中有隐身天使在和她游戏。八个月之后，她就一个人蹒跚着走出门，去推隔壁家的门，和那对总是在争吵的年轻情侣咿咿呀呀说些什么，而且每一次，她都能成功地平息掉小两口的争吵，让他们破涕为笑。

有一次，麦冬和她妈妈带着她去城郊农庄摘草莓，他们和朋友谈得太热烈，完全忘记了她，等到想起她时，她正步履不稳地冲过去，把一只比她高一个半头的大丹犬紧紧抱住，用舌头舔它的脸，那头凶猛的战争犬被她的殷勤弄得十分委屈，不耐烦地缩回宽大的脑袋想躲开她的舌头。四个大人吓得说不出话，后来他们都笑出了声。麦冬还记得她妈妈当时的样子，她紧咬饱满的嘴唇，脸上浮现出触目惊心的象牙色，眼睛里溢出泪水，身子一软，坐到草地上，孱弱得就像被突如其来的风快速抽干了。麦冬心里狠狠地抽搐了一下，那个时候，他就下定决心，一定要保护好他的两个女人，不允许任何人伤害她们。

麦冬希望有着一头柔软头发的荔枝宝贝回到婴儿房里，躺在婴儿床上，瞪着眼睛到处张望，永远不睡觉。麦冬希

望她一直活在8个月大，为这个，他愿意永远做一名警官
——只属于她一个人的卫士，为她阻止岁月的来袭，保护
她从此不再长大。

7

　　下午3点钟左右，麦冬和同伴打扫完那堆意外出现的
生活垃圾，趁着雨停下，黄昏还没有到来，他开始打扫龙
尾南路东边的那条小路。

　　小路没有路名，长不足300公尺，却很难打扫。它原
来是一条双向两车道便道，被"四季山水花园"开发商巧
妙地圈入社区，用褚红色石材铺成路面，路两旁种满高大
粗壮的小叶榕，锈褐色的榕树气根暴露在外，仿石材路面
和茂密的榕树叶构成一种奇怪的纠结关系，要将不断出现
在路上的落叶从仿石路面分开，得花上些心思。

　　几个月下来，麦冬已经掌握了一些与落叶打交道的经
验。有的树叶，你根本用不着清扫它，比如卵形的木兰和
掌状的木棉，它们依附性不强，十分活跃，扫帚还没到，
就像有心灵感应的生命，自己飘起来，往你想让它们去的
那个方向飘去。有的树叶却不好对付，比如脆弱的三角梅
和雨丝般的凤凰木，它们和路面是一对恋人，仿佛生来就
是为路面出现的，你很难把它们从亲密的纠缠中分开，让
它们脱离路面暖巢可得费上一点力气。还有更奇特的桉树

和桂树，它们的树叶在静止的时候会散发出芳香，扫帚一到，那些芳香就先落叶而去，消失得无影无踪，石栗和红花羊蹄甲的树叶则是另一种情况，当你碰动它们时，它们会分泌出一种奇怪的刺鼻味道，好像在告诉你，别靠近，它们在生气。

　　说到生气，麦冬曾经在这条无名小路上看到过一些情绪冲动的人。他印象最深的是一对年轻恋人。他俩站在小路当中，相立而泣，就像种错了地方的两棵树，好几辆过往的车停在他们身后，车主大约受到感染，没有谁摁响喇叭，静静地等待着。麦冬不能肯定，有多少恋人从这条小路上走过，其中有多少注定会分手。穿过树叶编织的岁月，麦冬依稀看见，小路尽头，有两个在未来日子里将会结成伴侣的孩子，他俩向他走来——咿咿呀呀躺在童车中被父母推着，由广西籍保姆牵拽着小手蹒跚着走，背着沉重书包一个人低着头走，踩着新潮立行车大笑着飞快地驶远；他俩在这条小路上无数次擦肩而过，彼此毫无觉察，从不认识，就等着某一天，他们认出对方，然后以一见钟情的名义牵住对方的手，开始一场惊天动地的爱情。也许，那之后的某个时候，他们会站在小路当中相对而泣，身后停满静静等待通过的车辆。这期间，有多少树叶从树上飘落下来，没有人知道。

　　还有，一位身材健硕的中年男子，在暮春细雨下走进这条小路，穿过栅栏般悬垂而下的榕树气根，消失在"自此中心再无山水"的精致楼宇中。回到家，他脱下挺括的古姿牌博雅黑西装，坐在全套红古轩黄花梨家具客厅里，精疲力竭地喝过一杯私人订制的古树茶，这个男人打开面向基督堂那一面的落地窗，像一片过于沉重的树叶，从某一层纵身跃下。

有的时候，死去也可以在活着的时候发生，如果你真的遇上了这种事情。

麦冬和最好的朋友决裂，原因是朋友说了一句话。朋友说，逝去的亲人会在另一个地方活着，只是那个地方有那个地方的生活，逝去者不会记得活在这个世界中的亲人，而会快乐地活在新的亲人当中。那一次，麦冬把朋友的下颌揍开一道很深的口子，朋友的鲜血溅在麦冬的眼珠上。那以后的整个夏天，麦冬的眼睛一直肿着，看不清任何东西，视力严重受损。从那以后，他再也没有了朋友。

生命怎么可能像小叶榕树的气根一样，凌空而下，重新回到泥土中，从而串联起过往，连接上它原有的家族，生长出蓬勃的新世界？更多时候，人们就像枝头的树叶，一轮生长，一轮坠落，一旦飘零，就永远不可能再回到枝头。

麦冬想他见过的每一个人，他们的母亲、父亲和祖先。麦冬想那些落叶，它们的亲人是谁，他还想，当它们离开枝头的时候，树会不会哭泣？

天黑之前，天空再一次阴下来，飘落下几点雨丝，它们扑打在麦冬脸上，凉丝丝的，而地上却干爽如烘，之前的大雨一点痕迹也看不见。

麦冬只知道一件事，每个孩子离开这个世界的时候，天空都会飘落一场雨。

8

麦冬回家做晚饭时，杨铿锵已经练习完了今天的课程，抱着脑袋躺在床垫上望着天花板发呆，麦冬看了好几眼他也不理睬，让人猜不出他在琢磨什么。

工作时，杨铿锵表现得很正常，谦逊、诚实、自制、勤劳，就是说，他所有的表现是他自己，是那个 21 年前从黔西南大山里来的农家子弟杨铿锵，只不过更成熟，更懂得遵守城市秩序，而不是某个通过幻想的金光大道完成锦衣绣袄生命翻转的成功人士。在和业主以及物业公司同事相处时，杨铿锵会刻意藏匿住对成功的兴趣，不参与任何有关金钱与权力的八卦讨论，他将"变成"另外一个人这件事，只有麦冬和"阳光天下花园"B 座 3A 那间未及装修的客厅知道。

直到住进 B 座 3A，杨铿锵才向麦冬摊牌，他为麦冬提供资源紧缺的住处，并非免费晚餐。杨铿锵乐于助人，在业主中口碑不错，保安公司的员工档案也可以证明，他是一位让人敬重的星级雇员，但在换工这件事情上，他不打算按照义工联组织原则对待麦冬。作为受聘指导，麦冬必须完成对学员杨铿锵的行为指导和纠偏，除此之外，还得履行现代人的契约义务，足额支付全部房租，并且承担两个人的基本生活费和家务活。

以下是两个人刚成为室友时，麦冬为杨铿锵开出的行为校正课部分内容：

"别耸动肩膀，"教员生涩地对学员说，"那只能说明你没有安全感或者缺乏担当，你在回避什么？拥有权力的人不会带上这个烙印。"

"我要说多少遍，"教员不耐烦地冲着学员冷笑，"如果你要人们信任你，在陈述事实时别向人摊开你脏兮兮的巴掌，那是在乞求。"

"你说一点也不紧张，"这一次教员愤怒了，接下来，他很可能会上去猛踢那个猫步潜行、踮着脚走动的未来富翁，"可你干吗紧缩颚肌、鼻翼扩张、脖子僵硬、目光闪烁？"

学员停下来，微微斜着身子，好像他被突如其来的一拳击中了小肚子，呼吸不过来。每到这个时候，教员就会停止课程，走到一边去为自己倒杯水，一口气喝掉，以免自己的失望流露在脸上。

可怜的学员不知打哪儿听说了"人人平等"的主张，并且成为这一主张的坚定支持者。他乐此不疲地给教员讲述他家乡发生的耸人听闻的故事。在一个故事中，主角是乡村暴力团，一连串袭击过路客车案件的背后，是一群玄机四伏的留守儿童，他们埋伏在公路边，向驶过的长途客车扔石头，最终因为砸碎的玻璃割开一名司机的颈动脉导致客车倾翻，车上多名乘客伤亡，被捕的团员们交代的作案理由令人惊讶，他们不过是做了一个集体决定，凡是车上没有回村的大人，他们就朝客车丢石头。另一个故事更怪异，一个留守少年奸污了他40岁的二姨婆，原因是，她在被侄子勒索30块钱打游戏机的时候，不肯另外给他8块5毛钱买一盒方便面和一瓶营养快线。

"你觉得怎么样？"讲述者滔滔不绝，显得十分愤怒，脸膛红扑扑的，像一块快要燃尽的煤饼，"有人想让你接受这种生活，老天可没这么规定，你必须反抗。"

"反抗什么？"

"你没听见我刚才怎么说？命运，不公平的命运。"

"拿什么反抗？"

"相信我，会有办法，你可以决定自己，改变这一切。当然，从头开始已经来不及了，这才是事情的关键。"

"靠一次假想？"

麦冬忍不住嘲笑。杨铿锵并没有受到打击，他给麦冬讲了另一个故事。这个故事发生在他俩现在所在的城市。故事的主角是一位年轻女孩，美院毕业生，过着双重生活，她男朋友以为她在一家广告公司有一份了无趣味但薪水不错的绘画师工作，实际上，她在一家夜总会干着服务行业的活，那里有各种各样的女孩，满足客人各种诡异的口味，她们大多妖娆多姿，具备超赞的角色扮演能力，而她则扮演软妹系幼儿教师。

"你打哪儿知道这个的？"麦冬有些敏感。

"那姑娘就住 C 栋。她不是唯一的。在小区里，你觉得他是他，但他不是他的人多的是。"

"那是别人的生活，和你没关系。"

"蚂蚁的生活和别的蚂蚁没关系？"

"你是说，靠一次假想，工蚁就能变成父蚁和母蚁，或者干脆变成蚁后？"

"那也比什么不做好，反正结果也坏不到哪里去。"杨铿锵缺乏逻辑地结束了谈话。

麦冬曾经的职业，使他讨厌理性失衡，它造成了多少人生混乱，它们成了他职业面对的一部分，也成了他生活的一部分。他之所以答应杨铿锵，不过是权宜之计，他和杨铿锵之间的奇妙关系并不是他奢望的，做教员也好，支付房租和生活费也好，不过让他能在梅林公园旁有一张七尺床垫，他在杨铿锵身上的付出充满了廉价和恶意成分，那完全是利益交换的结果，他清楚，这对杨铿锵多少有些不公平。可是，命运有一种特别的构造能力，它让两个浑然不同的生命以一种梦魇关系生活在一起，全情投入，共同完成一个荒唐的假想游戏，就像咖啡加上橄榄，如此混搭的饮料，也许你从未品尝过，但你不能说它不是一杯饮料。何况，麦冬没有打算和杨铿锵共情，他们之间没有需要共同遗忘的过去，也没有需要共同创造的未来，这样，他们之间的相处会容易不少。

实际上，整个秋天和冬天，他俩进展都不大。无论学员的个人档案中装着几颗星，他在与窃贼和火焰搏斗时多么勇敢，他利用安保员的职务便利完成了多少业主的私生活偷窥，在举止行态和微行为训练上，他都是个无可救药的蠢货。每当练习受挫的时候，他只会大睁着空无一物的眼珠子，可怜巴巴地看着教员，一双大巴掌下意识地摩擦着膝盖，让教员丧失继续下去的信心。

但是，学员杨铿锵咬住了。你不会看到比他更固执的人。每天晚饭后直到子夜1点，他都缠着教员教他各种成功人士应该拥有的举止表情，一遍遍对着镜子练习，然后接受愤怒的教员令他痛不欲生的指责。他那个样子，就像一个因为母亲的奶水不足而紧紧抓住母亲乳头不肯松手，因此显得十分无辜的婴儿，整个教学过程中，让教员麦冬胸肉紧张，痛不欲生。

"别他妈对我指手画脚，我见过世面，知道吗？"学员气急败坏地冲教员喊，可能意识到成功人士通常不会使用这类词汇，不情愿地咽口唾沫，"我知道的事情比这多得多，别忘了，我可是亲眼看着这座城市建立起来的，它发展最快的那些年，我就在这儿，哪儿也没去，别觉得我会满足！"

从某种角度上讲，他说得对，成功人士从不相信命运，只相信人生，这方面，他和他们有非常相似的人生观。

大约是夏初的一天，为了证明自己有多么投入，学员给教员看过他收集在一部二手电脑中的资料。它们有几十个文档，关于这座城市，包括政府历年的工作报告，资料之详细，你甚至会怀疑他是从市长办公桌上直接偷窃了这部电脑。在粗略看过资料大致内容后，教员忍不住建议学员报名参加香港大学分校的招生考试，它刚刚建立，生源奇缺，但考虑到不菲的学费，他建议学员选择函授这个渠道。

"随便你怎么想，"走火入魔的学员用坚定的眼神盯着教员，"没有人可以阻止我，你不过是个隔山打牛的外省人，你不懂这个。"

现在，那个励志者躺在自己的床垫上，对着天花板发呆。他的床头，堆满书名怪异的书籍：基辛格的《论中国》，布莱恩的《角落办公室——来自CEO意外且必要的教训：谈领导艺术和成功秘诀》，勒布尔的《美国的梅迪奇：洛克菲勒家族及其令人惊叹的文化遗产》，查理的《穷查理宝典》，皮特《小赌注：小小发现是如何酝酿开创性思想的》，埃德蒙的《有着琥珀色双眼的野兔：一个家族的世纪收藏和损失》，诸如此类。

麦冬朝那些花花绿绿的书籍看了一眼。他看到一出不切实际的假想制造出的令人绝望的喜剧，但他却没有丝毫的快乐，而是被那些书名透露出的隐隐的狠劲儿慑止住。他不再说什么，转身去厨房做饭。

9

凌晨5点零1分，麦冬准时醒了。他躺在那儿没有动，瞪大眼睛，盯着路灯投射出的隐约光线映亮的天花板，试图让思路追上正在消逝掉的梦。

在过去的某段岁月，每天早上，麦冬都能在梦中感到一只冰凉的小手蒙住他的眼睛，然后，他从梦中醒来。他看见荔枝，她裹着拖地的毛毯，趴在他的枕头旁边，一只手捧住脸颊，眯着眼睛甜甜地对他笑，另一只小手从他眼睛上撤开，小人儿学走路似的，一指一指爬上他的肩膀，像冰库里孵化出的毛毛虫一样轻轻蠕动着，在那里拱来拱去。

"你猜，我是谁来了？"

接下来，宽大的毛毯滑落到地板上，小小的赤脚嗵嗵响着跑开，门后传来咯咯的笑声：

"我害臊了，我去喝牛奶。"

麦冬知道荔枝说错了。她不该说"我是谁来了"。她该说"你猜我是谁""我来了"。她总是把两个以上的内容用一句话一次表达完，或者在正常的句子中莫名其妙地省掉一两个词，好像她等不及，要把更多的内容在一句话中表达完，这使她的表述常常出现意外效果，但麦冬非常、非常享受冰凉的小手蒙在自己眼睛上那种奇妙感觉。

麦冬说不清楚，荔枝为什么会有那么多的害羞，是什么让她这样。她真是一个可爱的天使，只懂得爱，除此之外什么也不知道。在麦冬看来，荔枝来到这个世界唯一的事情，就是醒来以后，把肩膀上的雪白羽毛拆卸下，收藏好，换上冰凉的手指，穿过冰河冷漠的雾气，跑进他藏匿着的洞穴，笑眯眯帮助他挣脱噩梦的困扰，回到正常的生活中。只是，他无法判断，在这之前，她是否已经飞到天上去过，把她的爱像花瓣似的撒到大地上来了。

为此，麦冬私下留意过，有好几次，等荔枝睡熟之后，他轻手轻脚摸进她的房间，跪在她床头，在她肋下寻找过，看看那里是否有一对收束起的翅膀。他拉开流苏窗帘，钻进玩具柜里，甚至在双层床滑梯下寻找，他当然没有找到那对雪白翅膀，但他固执地认为，它们肯定在，只是她太害羞，把它们藏匿在他找不到的地方，如此而已。

麦冬无法从沮丧中得到释怀，但他必须从床上起来去警队工作。他得快点洗漱，从冰箱里取出粗粮麦包和鲜奶，为他俩准备早餐。在麦冬忙手忙脚一边刷牙一边在炉子上煮水波蛋的时候，荔枝一直跟在他身后，喋喋不休地给他讲费南迪和花儿们闹意见的事情，为这个她有点担忧；他则会严肃地检查她的嘴，看看她三岁就一直戴着的无托槽牙套有没有什么异样。但是，对嘴里这个用生物陶瓷做的讨厌家伙，她一点也不喜欢。她喜欢舔窗户上的冰凌。她把这个称作和雪花宝宝亲嘴，矫正器会影响她那么做。而且，因为麦冬生气地阻止她做不讲卫生的事情，她会反过来生他的气。她认为麦冬应该生一片雪花，把它养大，这样他就不会嫌弃雪花了。麦冬不得不埋怨自己自作自受，在早餐结束后花费精力，用面包屑做一些小动物的模子，倒入矿泉水，生产小动物冰凌，来满足她与大自然的亲近。

每次离开家，他俩都会牵着手去巷子口。巷子不长，但她开心得要命，喋喋不休地给他讲艾丽莎、洛迪、珈伦、莴苣的故事，嘴里一刻也不停。他会在小卖部给自己买一包香烟，顺便给她买一包带玩具的魔蛋。他警告她，不允许她一个人穿过马路，去向街对面花店患小儿麻痹症行动有些不方便的小姐姐问好。他俩会在小卖部外盘桓一会儿，缠绵一阵子，然后，他展开两臂，嘴里模仿着涡轮发动机的轰鸣声，在她身边徘徊两圈，从她身边"飞"离，她则扬着拳头蹦着高，要他加油，他们在那里以起飞的方式告别。

麦冬希望荔枝能记着这个，记住他曾经努力做过讨她开心，而不是冲她大吼时骂出的那些令人伤心的话。麦冬希望她忘掉他所有卑鄙无耻的表现。

凌晨时分，一切都很安静，电梯间传来卷扬机工作的声音，然后在某一层停下，但不是 3 楼。对面 3B 住着一位面容憔悴的年轻女人，她在一位菲佣帮助下，照顾着三个年龄相差无几的孩子，一家人几乎从不出门。

杨铿锵躺在另一边的床垫上，小声打着呼噜，看样子睡得很沉，没有人会出现在3楼。

如果荔枝一个人留在家里——大多时候都这样——她会把家里的每道门都锁上，一步也不离开，好像她在坚守什么，或者拒绝。但麦冬不知道，她坚守和拒绝的究竟是什么。这也使麦冬后来相信，一个人的爱不是用来爱的，而是在伤心时用来回忆的。该爱的时候，麦冬不知所措，胆怯而迟疑，来不及去爱，现在一切都晚了。他知道生命没有那么简单，自己不像落叶那么从容，以至于在茫茫人海中，他注定会失去她。

每个突然醒来的凌晨，麦冬都希望房间里不是他一个人，荔枝会坐在某个角落里，困惑地看着那些在她离开之后他仍然坚持为她买来的新衣裳和玩具。它们每年都在增加，每年。

还有，她有多久没有更换新的牙齿矫正器了？

10

凌晨5点15分，麦冬离开B座3A，乘货梯下到车库。5点半，他准时出现在龙尾路上。

一辆去机场或者北站搭乘高速列车的滴滴专车抛了锚，拎着箱子的姑娘站在马路边上急得跳脚，这条街上不怎么好拦车，司机正用 APP 通知平台，请公司联系附近的车赶过来。

塘郎山顶还是漆黑一片，万物在天亮前显现出模糊不清的图案，只有鸟儿醒得早，羞涩的啼鸣穿过晨雾，有一下没一下地响起。连续下了几天雨，路边的过水沟情况复杂，麦冬开始打扫那里。等他拖着第一车垃圾走过北林街时，天已经亮了。

一个中年女子站在公园前的小广场上，一边遛狗，一边哭泣，毛发臃肿的阿拉斯加雪橇困惑地看着她，显得闷闷不乐。稍远一点的上坡山道上，站着一只年轻的黑耳鸢，它耷拉着两肩，警觉地盯着山道旁的扶桑花灌木丛，也许那里有一条比它年龄大的蟒蛇游过，但它最好快点离开，天就要亮了，人们将陆续出现在公园里。

麦冬看见杨铿锵走出"阳光天下花园"大堂，殷勤地跑下台阶，帮助一位中年女业主把购物车拉上台阶，一边和业主说着话，活像出门迎接姐姐的贴心兄弟。

快到中午的时候，麦冬清理完龙尾路上的过水沟，接下来准备打扫路面上的落叶。他把垃圾推到梅林路口，和其他垃圾卸载到一起，等工作站来车把它们拖去处理站。头顶上，云朵在快速堆积，空气中弥漫着松果露珠的气味，如果稍许留心，还能嗅出羽毛和新鲜鸟粪的味道，天气预报说这几天都有阵雨，看来雨很快又要到了。

麦冬把工具车推到北林街口，停放在报刊亭后面，脱下弄脏的防水外套，让自己敞敞汗。四五个年长老人，牵着孩子，推着婴儿车，慢腾腾从公园里出来，互相打着招呼，分别走向自己的社区。他们来自安徽、湖北或者更远一些的地方，在这座城市里生活了几年或十几年，已经学会了捕捉南方天气的脸色，知道该在什么时候往家里走。

麦冬在背上垫了一块干毛巾，开始清扫落叶。正是中午放学时间，有学生从路上走过，离着不远，梅中路、梅丽路和梅北路上各有两所小学和一所中学，麦冬希望那些接送孩子的父母不要把他们又笨又蠢的私家车开到学校门口停下，这样，他们的孩子就能和从头顶上飞翔的小鸟一起奔跑一阵子，不受那些钢铁家伙的威胁了。

一个孩子出现在"阳光天下花园"台阶上，朝马路上东张西望，开心地咿咿呀呀，寻找在台阶后面簕杜鹃花丛中躲藏着的年轻妈妈。

麦冬站下来，有点走神地看着那对捉迷藏的母女。

有一段时间，麦冬和荔枝就像一对玩捉迷藏游戏的对手。那段时间，案件频发，好几个是大案重案，上面派来督导组坐镇办案，警队忙得不可开交，警员们都绷着脸，他没有理由松懈，只能雇人把荔枝送去幼儿园，再把她接回家，他自己则迷失在永无休止的案件中，躲闪着不见她，等他精疲力竭地回到家时，她已经搂着布袋熊睡着了。

这倒省去了许多麻烦。如果他在家，让她入睡是个难题。

每天晚上，荔枝总会在门口等待麦冬，一直到他回来。如果是冬天，荔枝露在裙子外面的小腿会被寒夜冻得通红，麦冬需要尽快放上一整浴缸热水，用20分钟时间把她彻底暖过来。那段时间，麦冬被一件或者另一件案子缠住。他的骨髓里积满了疲惫、愤怒和恐惧。他的衬衣臭烘烘的。在对付那些危险的嫌犯时，它们被汗水无数次地浸透过，这还不包括因为紧张和害怕渗出的尿液。

　　麦冬在家里时，荔枝绝对不肯睡觉，不肯闭上她的眼睛，即使困得眼睛睁不开，她仍然强撑着。在她明亮的眸子中，你能看到她曾经看见的一切，还有她想象过的一切。

　　"我想看看，我长在树上是什么样子，树怎么把我生下来。"

　　有一次，麦冬为荔枝盖上毛毯，关上灯，准备离去时，她突然在黑暗中这么说。

　　"我没长大的时候，不会喝牛奶，你会来看我吗？"

　　好一阵，麦冬才明白过来她在说什么。她想知道她在她妈妈身体中的时候，是一种什么样子，她妈妈是怎么生下她的，他是不是关心那个时候的她，会不会在没有母奶喂养时，用牛奶来饲养她。

　　他被她的话怔忡住，站在那儿一动也不敢动。客厅里传来冰箱压缩机工作的振流声，那个声音在，真是好，你可以在天黑之后，在绝望的时候，相信世界并没有停止运行，很多地方，仍然在发生着你不知道的事情，你可以相

坐着坐着天就黑了　　　　　　　　　　　　　　　　047

信，不管你看没看见，那些事情都在发生。

荔枝醒着的时候，他们所有相处的时间只停留在早上。麦冬说不清楚自己不在的时候，或者离开的时候，荔枝是不是因为害怕而哭泣过，在他拼命追逐罪犯，心脏撞开牙齿快要跳出嘴里的时刻，在他屏住呼吸，把手枪的释放钮神经质拨下的时候，她有没有缩在黑暗中的角落里，一边和放在膝盖上的卡通宝贝说话，一边轻声啜泣地轻声呼唤着他。

麦冬知道，其实人没有那么结实，也没有那么值得相信，所有经历只会出现一次，比如他和荔枝的关系，在此之前没有，错过了就错过了，以后也不会再有了。麦冬还知道，等他离开这个世界后，他会去另外的世界，那个世界很大，就像宇宙，有无数的星系，他去的那个星系，也许不是荔枝现在所在的星系，如果这样，他们不会再相遇，而会越走越远，那他们之间的关系就彻底地消失掉了。而且，现在他还记得她，但他没有感受到身体中藏匿着的那0.285克神秘的暗物质给予他的任何暗示，这就证明她已经不记得他了，证明传说中的灵魂帮不上他什么忙，等他离开这个世界后，他会忘记此生此世发生过的所有事情，他和她的记忆，将从此不再有交集。

天越来越暗，雨要下来了，麦冬来不及打扫完所有路段上的落叶，他决定先不管落叶，尽快处理分拣垃圾箱里的垃圾，于是他返回车库，取了一些垃圾袋，再回到龙尾路上。

　　第一滴雨点跌落在麦冬的眼皮上，快速滑落到眼睑间，然后是第二滴。路人开始奔跑，他们遮住头，显得十分窘迫。枝头的树叶突然活跃起来，以一种不合节拍的姿势舞蹈着。

　　麦冬用雨披盖好工具车，跑进梅林公园，抢在大雨到来前冲进一座凉亭。他抹去脸上的雨点，看见凉亭外，有一棵湿漉漉的杨梅树，一只棘蛙正在努力往树冠上的浓荫处攀，它背上趴着比它体形大一半的妻子，它俩遭到第一轮大雨的袭击，全湿透了，个头小的棘蛙夫婿试图背着丰腴的妻子避开雨头，妻子娇滴滴的，不肯松开它，这使它向上的攀爬显得异常困难。

　　麦冬和生下荔枝的那个女人，有过两年疯狂的蜜月期。

　　她是停滞在时间中的女人。她喜欢那种老旧的蓝印花布，喜欢一定要有名字，琴声苍润高古，经过一代琴师查阜西之手的古琴，以及20世纪70年代以前出品的胶木密纹唱片。

　　她喜欢在夜里拉严窗帘，缩在床头读海因里希·沃尔夫林的《古典艺术》，只配台灯的暗光。那是一部伽利玛出版社90年代的版本，上好的纸张，边缘略微刮手，在灯光下像一朵未曾睡醒的莲花，等待阅读者耐心地将它舒展开来。

　　而在所有剩下的时间里，他俩几乎融化在沙发上或者床上，即使嫉妒的阳光也不能把他俩剥离开，重新梳理回原形。

麦冬觉得自己就像大海中的浪潮，激情澎湃，力拔千钧，涛涌不绝，可是，每一次他跃向岸头，都会被礁岩的阻挡撞得粉碎，留下一地泡沫。

然后。

阳光快速退去。

……

半小时过后，雨停了。那对不离不弃的棘蛙夫妇早已消失在茂密的杨梅树树冠中，不见了。一些原本生机勃勃的木紫瑾遭到暴雨的侵扰，显得形老色衰，在花托上生着闷气。麦冬离开凉亭，踩着亮晃晃的山水朝公园外走去。他将垃圾车推到路边，开始清除积留在低洼地带的落叶和食物包装袋，这要花去他很长时间。

阳光等一会儿才会出现，可惜，那个时候，它已经是晚霞了。

比自己大五岁的女人，麦冬从未见过她黎明时的样子。

11

晚上 9 点左右，麦冬回到 B 座 3A。

杨铿锵不在房间里。从今天开始，他转夜班，这意味着，麦冬有一周时间可以清静了。

麦冬脱下被淋湿的衣裳，把它们丢进洗衣机里，然后开始做饭。下班前，他去安徽夫妻的售货亭买了两笼豆腐馅包子，这样，他只要煮一锅粥，炒一个菜就可以了。他仍然要做两份饭，杨铿锵会在凌晨的某个时候回来，尽职尽责的保安组长需要填饱肚子，以便他精力充沛地值完剩下那几个小时班。

春天到来的时候，学员杨铿锵突然神力附体，像是变了一个人。他快速理解着教员的意图，出色地完成了教员布置下的大部分形体训练课程。在接下来的仪容和着装课上，他们再度遇到麻烦。在换上假设的名牌行头后，杨铿锵陷入一个雏子才会有的笨拙举止中，走动起来动静很大，在麦冬面前显得非常不自在，好像他身上穿着的不是 hugo boss、范思哲或者阿玛尼，而是李世民御前千牛备身沉重累赘的金铠甲，不堪重负。不过，这一次，改善和突破用去的时间并不长。在学习如何成为另外一个人，准确地说，在想象自己成为一个富有的成功人士的时候，杨铿锵非常刻苦，很快适应了新的课程，他越来越像那些名牌服装的主人，这让麦冬十分吃惊。看上去，有些事情几乎难以完成，不是杨铿锵这种人能够做到的，但他就是做到了。在事实面前，教员没有什么好争辩的，他由衷地给了学员一个不错的分数，这让两个人的关系暂时出现了化解的契机。

也就是那段时间，他俩头一回谈到了个人生活这个话题。受到鼓舞，因而心情舒畅的学员杨铿锵放松下来时，其实是个挺有趣的家伙。他肚子里藏着不少故事，你可以说这属于人生经验，这使他完全不着调的励志计划，多少呈现出一些令人感动的成分。他不肯脱下作为教学道具穿在身上的水版名牌服装，在客厅里迈着轻松自如的步子，向教员麦冬披露了一些个人经历中的秘密。

杨铿锵在一个地方把自己弄丢失掉。

他的老家在麻城，大别山区里的某个山村。他有一个比他大两岁的哥哥，他俩亲密无间。有时候，他们当中的一个会把另一个的鼻子打出血。更多时候，他俩同恶相济，一起揍比他们人数多的乡村恶少年团伙，在举水河中钓翘嘴白，去村村通公路建设工地上偷钢筋，以及逃课。上初中那年，他和哥哥完成了头一次对女人身体的探索。协助者是邻村一个女生。他俩分别和她在一片栗子林里做了那种事。女孩后来告发了哥俩，兄弟俩因此被学校开除，失了学。在挨了父亲一顿痛揍之后，哥哥负气出走，去了长江三角洲，在众多工厂中辗转做工，从此再也没有回过家。为了这个，他非常愤怒，发誓要哥哥付出巨大的代价。

"你是说，你想成为成功人士，是为了报复你哥哥？"有一阵，麦冬没有弄明白，他认为这个励志内驱太滑稽。

"他不该逃走，连商量都不和我商量。他会知道他干了什么。"杨铿锵恶狠狠地说，然后转变话题，开始抱怨中国大陆富翁不像欧美富翁，从来不做日光浴，这样，他就不得不接受漂白术的折磨了。

"为什么要做漂白术?"麦冬更加不明白,他非常担心,作为教员的他不得不为学员怪诞的妄想症承担更多没法完成的课程。

"我告诉过你,我会变成一个对社会有用的人,被人们尊重的人。"

"靠什么,角色扮演?"麦冬莫名其妙地笑了一下,他觉得对方过分了。妄想已经超越了适当的梦想,在得到一些对普通人来说有一定正面激励作用的训练后,游戏者应该适可而止,终止幻想,回到正常的生活轨道上来,别再往危险的路上滑下去,那样对谁都不好,"我说,够了,你可以把现在做的事当成个人素质的提高,就算一种人生安慰,千万别走火入魔,别陷在里面出不来。"

"你不要毁灭我的理想。"杨铿锵不喜欢麦冬的口气,脸上浮现出想要把什么破坏掉的情绪,"你根本就不相信,信念会改变一切。"

"别夸大其词,"麦冬试图用调侃的口气打击对方,"就算换了皮肤你就能够变成富翁,你拿什么去做易容术?那可是一笔不小的开销。别告诉我,你的'等待知更鸟计划'中有这笔预算,只是你还差个缺口,像珠江入海口那么大的缺口。"

"我没那么笨。"杨铿锵七窍冒烟地反击,他那副恶狠狠的贪婪样子,就像随时都在说,我准备好了伙计,我们开始吧,"我会弄到钱。我会开始的。"

"是啊，"麦冬不再原谅对方，口气里充满了恶意，"据我所知，街头行乞的聚财速度不算慢，但那会把你打回原形，让你之前的绅士课训练毁于一旦。"

杨铿锵有习惯性的心理依赖，有时候，他会显出孩子气的一面，完全按照自己的思路要求麦冬。他固执地认为，因为对社会不公抱有同样的不满，麦冬显而易见是他同仇敌忾的战友。只不过，他是想改变自己创造历史的人，麦冬则是不肯从人生失败中走出来的人，他俩在"生存还是死亡"的十字路口注定要分道扬镳，这就是他俩的区别。但他认为，这并不妨碍麦冬对"知更鸟计划"抱以应有的敬佩，发挥个人专长来帮助他完成计划。

麦冬不愿意和杨铿锵讨论历史这种事。他不觉得历史可以被改变，谁的历史就比别人的历史高贵。麦冬不愿意他和杨铿锵的雇佣关系深入下去，那完全是一场荒唐的少年游戏，杨铿锵并没有拿到福布斯财富榜的入选通知，即便在想象层面，接下来的工作也并不轻松，他要不断巩固学到的知识，继续学习更多的知识，在那之后，他还要广泛了解并且牢牢记住那些超出普通人生存与发展需求，具有独特、稀缺、珍奇特点的特殊消费品，掌握如何使用它们：时装和皮具、汽车和游艇、珠宝和腕表、香水和化妆品、瓷器和葡萄酒，以及世界顶级豪华酒店，当然，作为一名男性富翁，女人或者优雅的年轻同性，也是必修课的内容，这比任何专业的博士学业都要困难。

麦冬相信杨铿锵正在学会控制，他会继续咬住，进一步学会其他内容。他花了这么多时间和精力来制订和执行他的计划，这个计划没有理由不成功。麦冬只是困惑，杨铿锵怎么才能做到把自己变成他想变成的那种人，他建立起一个富翁的意志行为，学会了像富翁那样坐立、行走、说话、思考和与社会交往，但他拿什么来完成它们？沉湎于幻想，还是对着镜子表演给自己看，由此获得内心的满足？更重要的是，一个人的历史如何才能改变，就算你一百次地决定要这样做，那些如影相随的细节，你拿它们怎么办？就算这些你都做到了，看上去你的确是另一个人了，你过去的那些历史，它们真的被改变了吗？

麦冬认为，杨铿锵太寂寞了，他在被他哥哥背叛后太寂寞了，一个寂寞的强迫型幻想症者，才会变成一只等待配型的知更鸟。

杨铿锵不在，麦冬完全不受打扰，11点左右，他已经吃完饭，做完家务，把室友那份饭热在电饭煲里，冲了凉，上床睡觉。他头发洗过，散发出一股淡淡的奶香味道。他静静地躺在床垫上，手从单薄的被单里慢慢抽出，伸进空气中，并且让它停留在那儿。

他和它会一直那样，直到黎明到来。

12

凌晨 5 点 15 分，麦冬醒了。今天他起晚了。

子夜过后，杨铿锵回来过一次。

为如何掌握富人为人处世的标准，学员杨铿锵陷入了困局和苦恼。他是这个不公世界的受害者，所以，善于学习、积累人脉、强者完胜适者、研究税法、除掉竞争对手、向善行善向恶施恶、成为世界人，这些问题他在学习中都有深刻认识和理解，也在努力确保自己接受改变。可是，用心经营婚姻，这条对所有富翁都至关重要的秘籍，他却无论如何做不到。他少年时受过女人深深的伤害，他不相信婚姻这种事。

"她让我看她的咪咪，我看了。"杨铿锵把睡梦中的教员叫醒，痛苦地向他讲述自己的困惑，他觉得自己过不了这道坎，"她让我摸摸它们，我照做了。然后她让我躺在地上，她骑在我身上，她说她会让我知道一些好玩的事情。"因为痛苦的回忆，愤怒的学员身体僵直，轻微颤抖，"知道吗？那件事一点也不好玩，我他妈背上少说也扎了三颗掉在草丛中的毛栗子，离我脑袋不远的地方，还有一摊冒着热气的新鲜牛屎，我扭过头去时，连牛屎中来不及消化的草梗都看得一清二楚，你知道那意味着什么吗？"

"意味着你缺乏基本的素质和修养，不知道如何尊重别人。"麦冬被学员从被窝里拖出来，这种情况让他十分恼火，"你干吗不捧起那堆热腾腾的牛屎，连同自己一块砸在她脸上，然后开开心心请她替你把扎在背上的毛栗子剥下来，你俩一块吃，别打扰人睡觉？"

但他不得不坐起来，套上外衣，强打精神，给伤心的学员讲富人的整体性，以及社群关系中的限制性原则，直到天快要亮，这堂课才算结束。

现在，他有3分钟时间洗漱，12分钟时间热饭吃饭，并且为杨铿锵重新做一份留在锅里，等他7点钟交完班后回来吃。然后，他离开B栋3A，避开可能被早起的业主使用的电梯，从安全通道下楼，到地下车库取出工具车，出现在龙尾路上。

天蒙蒙亮，麦冬沿着工作地点走了一遍，看看有没有需要他重点打扫的地方。下过几天雨，一切都会有所改变，他会把更多的时间用在这些地方。

相比梦境中不断遭遇的恐惧，麦冬更喜欢他在白天的工作。

没有人给麦冬拯救世界的权利。他也没有那个能力。他连挽留一个深爱着的生命的能力都没有。但他会努力地把一条街道打扫得干干净净，也许还会加上另外一条不长的街道。

一辆赶早离家的黑色奥迪从麦冬身边驶过，拐进龙尾东路，汽车尾灯在晨曦中洇开两朵温暖的红光。路上行人不多，他们从麦冬面前走过的时候，大多眉头蹙皱。麦冬在他们走近前会停下来，让开道，等他们走近，他和他们打招呼。他说，你好。那些人会看麦冬一眼，什么也不说，从他面前匆匆走过去。他们紧合双唇，前额上挤出或轻或深的沟壑，这是典型的大脑边缘系统控制下的按压行为，仿佛要把内心世界隐藏起来，把太多的烦恼关闭起来，这说明，他或者她遇到了什么解决不了的事情。

　　大多数人不知道，紧合双唇并不能让他们与这个世界的关系形成遮蔽。他们有无数的语言，呼吸、气味、目光、触摸，以及想念，这些语言通过其他渠道在更多的场合暴露了他们的内心，只是，大部分人一辈子都不知道，他们身上那些语言的确存在，少部分知道这个秘密的人，则懒于使用他们知道的语言，或者，他们在害怕，不肯使用，这一点，人们不如树叶。

　　麦冬不知道他和荔枝的妈妈问题出在哪儿。不是他俩不够相爱，恰恰相反，他们过于爱对方。在某些时候，他们害怕从对方的世界里消失掉，或者对方从自己的世界里消失掉，他们被这样的害怕所困惑，越来越困惑，于是关闭了所有的语言通道。

　　问题不在这儿，问题在于，他们的在意开始变形。他们觉得，自己能够做到一切，能够做好，然后他们拼命证明自己，拼命地努力，他们的证明和努力只成就了一点，让对方感到惭愧，感到自己做得不好。

事情不能比这个更糟糕。他们的爱，或者说他们的存在，就是为了证明对方的不完美，甚至一无是处。他们在相爱中一点点用自己失去语言的绝望来杀死对方。

有一段时间，她告诉他，她感到沉重，感到累。他不明白她在说什么，她怎么会感到沉重和累？她向他一遍遍表示她真的很累，她开始失望，最终，她跟着一位来自青海的黑脸膛仁波切去了长云暗雪的西域。

她离开以后，他差点疯了。他火气冲天地收拾行装，要去西域把她拽回来。那时，荔枝刚出生不久，正在接受第15针疫苗。他无法把一个5月龄的女婴和一把野外多用刀一起塞进行囊中，背着她和它穿越帕米尔高原、阿姆河和塔克拉玛干沙漠，去找回他的女人。一番挣扎后，他放弃了。

在荔枝接受完第19针疫苗接种，勉强度过哺乳期后，安全地长大成了她最重要的事情。他彻底放弃了去西域寻找女人的计划。他像孔雀王朝的阿育王一样，发誓信守四谛五蕴八苦的准则，放弃杀戮，包容一切异文化，包括婆罗门教和耆那教，为此，他有三次用枪口对准了罪犯，却没有扣下扳机，其中一次，赢得喘息的罪犯用钢筋击碎了他的右肩胛骨；他发誓会等待她回来，其实做起来很难。

一年半后，她在西域修行失败，离开那个大乘佛教的"宝贝"回到他身边。她人消瘦得厉害，六神无主，目光空空，魂魄不再，仿佛只剩下一张消却的皮囊。他欣喜若狂，痛彻入骨，将她抱进怀里，安慰她，试图与她交流，恢复他们之间断裂已久的语言、呼吸、气味、目光和触摸。他生硬地抓住她的一只手，把它握在自己手中，让她把她的害怕告诉他，他保证替她承担，永远不让她再离开自己。

可是，接下来的日子，在听她整天对他说着那些普通人类无法听懂的神语后，他开始失语，陷入高度焦虑和慌张，反过来开始躲避她，就好像她是十字路口的交通信号灯，对他不断闪烁着青色、紫色和蓝色光线，混淆的色谱让他感到强烈困惑，不知道自己该离开那里，还是在原地等待。他的犹豫让她再一次失望。她整天处于幻觉中，偶尔会在苍白的脸上浮现出悲悯者独有的微笑。不久之后，她转而把希望寄托在一位恰如其时地出现，能在精神世界里指导和陪伴她的冥想师身上。那个时候，他俩的感情已所剩无几。

如果说有什么理由让他们必须待在一个屋檐下，那就是他们都不肯相信厌恶和遗忘来得这么快。进入冥想世界里的她情绪开始转变，越来越亢奋，除非在锡吕·玛塔吉·涅玛娜·德维大师的冥想课程中，否则她总是出现大量误听，脑海里悔恨的浪涛声一阵阵扑来，这个时候，瑜伽静修一点也帮不上她的忙。在其余时间，她把精力放在用毒药杀死一只只可怜的蟑螂上，固执地认定药水才是结束走投无路的挫败者的最好媒介。

"你为什么不从我身边走开，去寻找一个新欢？也许那样你会好过一些，我也会。"她眸子空茫地盯着他头顶上方三寸之处的空气，干巴巴对他说。

他回答不了这个问题。

他回答不了这个问题，变态地收集能够收集到的所有关于冥想的书籍，想从书里找到答案。它们没有给他答案。他不属于能够进入和理解这个世界的人。他神经错乱，央求每一个他见到的人解答这个问题，任何人都行。可是，没有，人们对这个问题讳莫如深，因为自己也不在这个世界而感到羞愧，甚至害怕。

事情最严重的时候，他在梦中看见了他和她的前世。一对雨水化成的人儿，他俩在一片干燥的空气中撞上风，破碎了。从梦中醒来，他觉得没有任何出路，只想杀人。

13

天亮了，麦冬打扫完龙尾路路面上的落叶，开始打扫路东那条无名小路。

一架迷彩色的警用直升机定时飞过头顶，茫然得像一朵没有涂抹好的云彩。天空快速变幻着色彩，隔着两排阔叶榕，基督教堂高高的白色水泥架像一柄刺入蓝天的方天画戟，十字指处，神的语言无人辨听。

人们不知道，天空的尽头其实是彩色的，那里不止有 7 种颜色，而是 65536 种，其中大多数颜色在人们的经验之外，人们从来没有见到过，见到了也分辨不出它们。那些颜色在厚厚的云层背后闪耀着，之中默默生活着人们从不知晓的生命，它们全都敦厚友好，它们停留在人们头顶上的唯一用意，只是因为它们爱他们，却无法离开它们所在的地方，降落下来。

麦冬喜欢现在的工作，它让他有机会看到树叶是如何离开枝头，降落到地面，云朵是如何久久覆盖不散，却在风来的一瞬间支离破碎。

一片椭圆形榕树叶离开枝头，落在麦冬的肩头，再从那里滑落到地上，在阳光下闪烁着革质的光泽。麦冬弯下腰，将落叶捡起来。这一次，他没有把它放入垃圾车中，而是小心地揣进衣兜。

有多少人注意过落叶，看着它们慢腾腾离开枝头，慢腾腾划过空中，试图与云朵缠绵，而又徒劳无功姿势优美地飘落到地上？

麦冬注意过。

和爱一样，落叶是一个亘古的谜。当树叶一片片离开枝头飘散向地面时，你无法判断后一片落叶是否在追随前一片落叶，它俩是不是父母和子女、兄弟姐妹，或者一对恋人。但是，当那么多树叶义无反顾离开枝头，接踵扑向地面时，你会相信那些落叶，它们在人们未曾了解的时空中，曾经有过秘密的约定。

麦冬当了九个月保洁员，经手落叶无数，它们被他收集起来，带离原住地，一批批送去处理站，相继化为灰烬。麦冬知道，迟早有一天，他会和那些落叶一样，从生命的枝头飘落下来，和他在这个世界上曾经拥有过的痕迹一起，化为灰烬，无人知晓。麦冬感激的是，飘零的落叶教会了他，生命不会再来一次，人们只是为一次偶然倾尽自己，任何人类的墓志铭都不如落叶在离开这个世界时表达的形式高明，也不如落叶教会他的更多，那个形式中没有后悔和痛苦。

天很快暗下来，黄昏在地平线上跳着最后一段变幻莫测的舞蹈。麦冬换好分拣垃圾箱的收容袋，现在，他干完了今天所有的工作。

麦冬返回北林街，在公园对面的大树边坐下，看夜幕急匆匆翻上塘郎山，大步越过高高的树梢，朝他奔跑而来。

又一片落叶飘荡下来。

明天早上，将有一地的落叶等待麦冬。

14

麦冬吃完饭，洗过碗，正在收拾厨房的时候，杨铿锵回来了。他替一位业主安慰一只患了痢疾的宠物狗时把制服弄脏了。他把换下的制服丢进洗衣机里，吩咐麦冬尽快替他洗出来，明天他要穿着它参加社区安保检查，相比其他衣裳，他更喜欢弄脏的这一套。

杨铿锵从保温锅里拿出他那一份饭，今天还是煲仔，麦冬换了浇头，用的是排骨、油菜和盖蛋。杨铿锵一边吃一边欣慰地告诉麦冬，关于维护婚姻这一条，他想明白了，既然他命中注定要步入富翁行列，自己就得大于问题，乐于接受，把婚姻当作财富来经营，而不是和穷人一样，问题大于自己，拙于接受，把婚姻当成负担来对待。他告诉麦冬，这篇作业已经翻过去了，他现在要把有限的时间放在复利投资和寻找蓝海这类大格局的思路上，这才符合自己的角色定位。

杨铿锵兴奋地说完，发现麦冬没有听他说话，而是站在厨房靠西的窗户前，向夜色中的公园古荔区看。他端着饭碗走过去，顺着麦冬的视线向外看了一眼。

"这个公园利用率有问题，并不拥有太多财富，"他口气认真地评价道，"除了鸟儿的鸣啾和沁人肺腑的植物芬芳，它所剩无几。"

麦冬放下手里的洗衣粉量杯，撤回视线，扭头看身边打着赤膊的杨铿锵。

"温柔点，"杨铿锵大度地冲麦冬笑了笑，"别像一个进城三年还没有学会如何表达的山里人。你忘了，我们很快会学到艺术修养这一课。"

然后杨铿锵告诉麦冬，下周他会离开几天，去广州办件事。他放下饭碗，掏出手机，调出一个视频让麦冬看。视频里，那个人皆熟悉的"又漂亮又漂泊，又迷人又迷茫，又优游又优秀，又伤感又性感，又不可能理解又不可理喻的"台湾女心灵导师正在为一群学员上身心灵修为课，就是那种启动拙火的灵魂引导课程。杨铿锵让麦冬别看美人迟暮的心灵导师，注意听众中一位中年男子。

"有没有觉得，我和他有些像？"他用骨节超大的手指点了点那位中年男子。

麦冬认真看了视频。中年男子坐在一群中年女性学员当中，伸长脖子，半合着拳头，正在认真洞察念头。他有点虚胖，眼睛和螃蟹一样瞪得很大，看不见眼神，牙齿就像电线上站着的一排小鸟，整齐而稀落。说实话，杨铿锵相貌平平，不是什么美男子，但也说不上丑，和眼前这位中年男子的相貌扯不上任何关系。

"你确定在适当地学会了一些做人的品质以后，非得要在现实生活里找到一个样子差不多的同类，这件事情对你学业很重要吗？"他问杨铿锵。

"如果是呢？"杨铿锵盯着麦冬，反问道。

麦冬笑了笑，什么也没说，摁下洗衣机操作钮。

"我知道你要说什么，"9个月的学员经历让杨铿锵历练匪浅，他看出麦冬的心思，微微抬起下巴，鼻孔上仰，让自己处于情绪的积极状态，"喋喋不休并不等于一个人对世界有多么了解，很可能相反，不然他就没有那么多的废话了。但是，我拿一张很可能中奖的福利彩票打赌，你会知道这个世界是怎么建立的，而你并不了解全部的道路。"

杨铿锵收起手机，把吃得差不多的饭煲丢进洗池里，心平气和地拍了拍麦冬的肩膀，走掉了。出门的时候，他哼着一首流行歌曲，好像是他家乡的一首山歌，大约意识到山歌不符合富裕阶层的审美，很快打住，优雅地把门关上。

　　自打通过了行为课难关后，杨铿锵就开始用世界主人的口气说话，比如"一直盯着饭碗的人只配吃咸鱼煲，你得学会把目光投向外部，赋予世界力量""别期待什么公平，公平根本不存在，谁会目不斜视地从利益旁走过？"诸如此类。在接下来的微语言训练课有了起色后，这种趋势更加明显，他会随时把自己放在主宰者的位置上，用丰富的表情来佐证他对世界的整体认知，让人感觉怪怪的。麦冬知道杨铿锵是谁，也不同意杨铿锵那些从书本中拼凑起来的观点。和大多数植物动物不同，人是一种年轻物种，还没有学会真正的尊重和自我尊重，所以，人们才急切地想变化自己，让自己变成更有力量的生物，关于这个，你不需要做更多的观察，只要看一看街上那些脸上充满渴求的男女，他们身上弥漫着的那种终日被财富渴望炙烤得痛苦不堪的气息，那种气味隔着老远就能感觉到，这在其他植物和动物身上不会发生。

　　麦冬很快洗完自己和杨铿锵的衣裳，把它们晾到晒台上。杨铿锵的裤子拉链坏了，需要修理一下，这个难不住他。

和荔枝的妈妈分手之后，有一段时间，麦冬和荔枝生活得很困难。在此之前，除了熟练地使用剃须刀，麦冬几乎做不好任何日常生活中的事情，这让他和荔枝的生活充满了凌乱。他不会把从烘干器里取出的衣裳叠整齐，让裤缝和肩线不至绉乱；他不知道炖汤的时候最好放上几颗红螺和杜仲，让汤汁充满生命古老家园的味道；他记不起收集淘宝和京东供货商的地址，这使得家里每月的生活开支至少多出了三分之一；他从不和邻居打招呼，和他们没有任何话说，这让邻里关系显得生涩和紧张。比这更糟糕的是，麦冬看人时眼神冷漠，表情隔膜，会盯着人们的眼睛看，好像他们全是一些预谋作案者，让人觉得受到了侵犯和侮辱，没有任何邻居有欲望和麦冬谈一些生活中的琐碎事情，包括和他讨论他女儿的一些不正常的言行。

　　家里人也开始对麦冬有意见。他们觉得麦冬不在生活里，不是一个正常人。他的婚姻失败了，这没有错，有多少婚姻不是失败的，多少人愿意站出来坦白失败？他不过是一个普通情景下的普通人，完全可以承认失败，重新开始。但他拒绝自新。家里人认为他的存在影响了他们的正常生活。

　　真正的麻烦来自荔枝。

　　女人离开之后，麦冬假装看不见孩子每次吃饭时多摆出的那副碗筷，以及不断被她从储藏室里翻出来的妈妈的某件衣裳。每次吃饭时，荔枝都很安静，埋着头，一勺一勺往嘴里舀饭，从不挑食，只是在咽下饭粒时，她会停顿那么一小会儿，好像在和含在嘴里的食物道别。而且，她开始学会操持自己和麦冬的生活。3岁时，她试图用几件心爱的玩具去超市交换一把麦冬爱吃的红菜苔。5岁时，她学会了给麦冬烫软饼，在蛋饼上撒一层奶白色的芝麻。有一次她搞砸了，被烧红的饼锅烫伤了手指。那一次，她慎重地向麦冬提出，希望麦冬再生一个小孩，这样，在麦冬离开家的时候，她就不必一个人大声说话。另一次，她试探地问麦冬，她可不可以给他做老婆，这样，他们就可以有一个完整的家了。

麦冬对荔枝越过年龄快速生长的诡异现象感到深深的不安，他不知道该怎么对付被生活弄得惊慌失措的孩子。麦冬知道问题出在哪儿，他只是没有办法，做不到。而且，他害怕荔枝知道他生活中发生的那些丑恶和残酷。

每一次执行完任务回家之前，麦冬都会在外面找地方洗个澡，和人们说说话，让自己回到正常人状态。他打开喷洒，让冰凉的清水从头顶灌下，慢慢抑制住急促的呼吸，凭借毅力让自己褪去怨恨的戾气。可这完全没有用。黑暗几乎是他生活的全部，它们不由分说地介入了他的生命。他愿意做一名天使，而且曾经是，但天使不可能战胜魔鬼，这就是他注定的命运。麦冬只能做魔鬼群体中的一个，最黑暗最残暴的那一个。他就像一个孤悬在自己头顶上的案件，无人侦破，但随时都有可能酿成悲剧。

很长一段时间，麦冬嫉妒其他孩子的父亲，他们会教给幼儿园女老师一些幼教学校学不来的知识，以此引得年轻老师的好感，会牵着孩子的手高高地跳过路上的水洼，鼓励孩子将掉在地上的蛾子送到路边的草地上去，在给孩子洗澡的时候讲多萝茜和无胆狮子的故事。他们也许不富有，但在为孩子购买图书和玩具时，一个个从容镇定，挥金如土，好像他们是隐匿民间的某个 IT 业巨头。麦冬从那些父亲身上沮丧地知道了一件事，人生有些关键东西，比如说父女关系，可能你眼下正好拥有它，但它并不属于你，看上去它在那儿，却已经被命运拿走了。

怪谁？人们在生活中，可从来就没有真正生活过，不知道期待中的生活是什么样。没有人命令谁跪倒在生活面前，或者被生活从身后撞击倒下，人们倒下的原因是因为自己，因为内心放下了，不再牵挂了，做不到继续了，就像落叶，一阵风就能吹落它们。落叶就像这些人，不再牵挂才是他们从枝头坠落的理由。

麦冬修理好裤子拉链，在拉链上涂抹了一点残存蜡烛，让它使用起来更方便，然后去冲了个凉，回到房间里躺下。

闭上眼睛入睡时，麦冬想，人们为什么不相信，不是他们在生活，而是他们被生活"生活"着，他们只不过是生活这件事情的条件和环境？

15

接下来的一段时间，麦冬非常忙。

夏天就要到来了，麦冬在这座城市滞留的时间临近终点。他打听过，还有一周时间，梅林公园就会开始一年一度的园林整理工作，以免硕果累累的树木遭到游客的破坏，他会在那个时候结束他在这座城市的大半年生活，返回长江边他的家乡，他要在这几天把手头的事情一一做个了结。

最近一段时间，杨铿锵也很忙，而且有些心不在焉。进入 6 月以后，他停止了所有练习，让人对一贯认真好学的学员如此不负责任的辍学行为表示失望。他回避麦冬，反复拨打几个神秘的号码，和电话那头的某个人小声说话，不断往银行跑，并且向社保局申请了退保手续。他告诉麦冬，过些日子，他会请假去南华寺一趟，去那儿办点事。麦冬察觉出杨铿锵有什么大的举动，可能他有了新的去处，也许，他会像自己一样离开这座城市，但肯定不是去南华寺做义工。这些事情，杨铿锵不说，麦冬也不问，反倒是因为不再出现的纠缠，麦冬暗中松了一口气。

黄昏的时候，那个疯女人又出现在公园的东侧，她急匆匆从麦冬面前走过，在公园东侧的红棉树前站下，激动地冲着天空大声喊：

"你们说清楚，我做错了什么？"

乱糟糟的云朵仍然没有理睬过她，它们快速往西边涌去，好像在害怕什么。

……

事实上，若干年之后，麦冬才弄明白荔枝的恐惧是打哪儿来的。

很多时候，孩子天性中的智慧远远超过大人。孩子的目光和心灵够快，它们能够抵达的尽头，大人永远不可能看到，这也是为什么孩子总会让大人感到害怕的一个原因。

荔枝是个灵通的孩子，她知道生活中发生过什么，一切。

5岁以后，荔枝不再和人说话，对麦冬也是待理不理，问一句，答一句，有时候连嘴都不张，只是点头或摇头，看上去有失语的倾向。她还时常把自己身上的某些部位弄破，脚指头或者膝盖，让那里擦破一块皮，流出血。她不像别的孩子，既不哭也不闹，蹲在那里，一点点玩伤口渗出的血丝，让麦冬忧心忡忡。

麦冬怀疑荔枝是不是在回避进入他的黑暗生活，或者为他担忧。他找到一位当医生的朋友，希望得到答案。朋友为荔枝做完检查，告诉他，荔枝小小的身体里充满了自虐的忧伤，就像一粒酸甜多汁的颠茄浆果，对光线抱有深深的成见和警惕。麦冬不愿意相信这个实事，他把荔枝不愿意说话归结为他陪她的时间太少。他决定改变这种情况，做一个优秀的监护人。他向上司说明情况，请求调到二线，这样他就不用那么忙，可以每天晚上按时回家，保证所有的周末都和荔枝待在一起。

麦冬永远困扰在侥幸中，却又永远无法依赖侥幸。他决定了要做守护者，却没能做到。有一次，一名被通缉的危险逃犯用自制手枪打穿了一名警员的肚子，那名警员是他曾经的搭档，他整夜都在气势汹汹地赶往各个拦截点的路上。那天晚上，荔枝从睡梦中醒来，口渴的她爬上椅子去倒开水，椅子倾倒，她的胳膊被烫伤了。麦冬接到隔壁那对时常吵架的小两口的电话，匆匆赶回家里。荔枝烫伤的胳膊已经处理过，正窝在青年女子怀里，和小两口亲亲热热地在手机上看《恶魔奶爸》。青年女子笑得厉害，指着青年男子说，男鹿君，我们生个魔王儿子吧。青年男子生气，两个人又吵起来。

然而，这只是开始。很快，幼儿园保洁员在安全通道下发现了缩在角落里默默颤抖的荔枝。这一次，她策划了一场大案，让自己从楼梯上滚下来，左脚第三趾骨折，身上有好几处挫伤。

"我受伤了，你会留下来照顾我吗？"麦冬赶到医院时，医生刚为荔枝打上夹板，她开口说话，急切地问他。

"当然，可你也得照顾我。"他炫耀地向她举起纱布包扎的拇指，"我也从楼梯上滚下来了，我们得互相照顾。"他没有告诉她，她摔断了脚指头，他心疼得要命，不知道该怎么遏止她源源不断的伤害，为这个，他惩罚自己，用手枪柄把自己左手拇指骨敲碎了。

麦冬向警队请了一周假，这让荔枝吃惊，同时显得很得意。她表现得相当好，不用麦冬喂饭，自己上卫生间，去晾台收衣裳，用一只手把它们叠好，放进衣柜，并且恢复了平常的说话频率。她告诉麦冬，她本来打算从窗户跳出去，但是，幼儿园的楼太高，她害怕，所以才选择了从楼梯上滚下来。

"要是我从三楼跳下来，你会陪我两个星期吗？"

"不许胡来！"麦冬大惊失色，"你要敢玩这种游戏，我会把你的屁股打烂！"

荔枝咯咯笑，乐得抽气，这样的麦冬她喜欢。

后来弄清楚，荔枝是因为受了刺激。那天手工课结束，小朋友们吃点心，陶笛和夏岚大声交换对自己妈妈的咪咪的不同感受。她捂着耳朵不想听。她俩还说。她和她俩吵起来。有妈妈咪咪的陶笛和夏岚赢了，骄傲得要命，没有妈妈咪咪的荔枝顿受打击，感到孤立，哭了。

"5·12 汉街绑架案"侦破失手后，嫌犯撕票的恶劣后果造成了社会强烈的反应，负责案子的麦冬受到严厉处分，愧疚难当。那段日子，麦冬几乎每天都会从噩梦中惊醒，嫌犯瘆人的笑脸让他疯癫，他喘不过气来，感到没有出路，恐惧地想要摆脱压力。

就是那段时间，他开始陷落，用一只廉价的玻璃葫芦瓶吸食冰毒，然后用针头反复往虎口穴上扎，直到那里布满令人呕吐的针眼。一天夜里，他再度从噩梦中惊醒，从床上滚到地板上，像闻到除虫菊的蟑螂一样到处乱爬，额头撞出血，拼命抗拒排山倒海的毒瘾。荔枝像是什么都知道，不声不响走进他的卧室，把床上的被子拖到地板上，盖在他身上，钻进被窝，从后面抱住他。她一句话也不说，弱小的身子在他背上轻轻地发抖。他不敢回过身去，手中的济泰片药瓶像一坨快要碎掉的冰凌。

麦冬曾经相信，爱可以战胜恐惧，可以挽回一点点撕裂开的生活，现在他开始怀疑了。他终于知道，更多的时候，正是爱制造了恐惧，然后让恐惧变得强烈而顽固，因为它的存在，生活会以更快的速度撕裂成粉尘。

日子不容易，但并不曾停下来，一眨眼，荔枝上学了。

第一个学期，荔枝非常开心，像变了一个人。晚上回家后，她喋喋不休地给麦冬讲她的同学，她的老师，她的开着几朵可怜巴巴的蔷薇花的学校花圃，完全停不下来。在荔枝嘴里，她的同学和老师基本上是一些无所不能的超级英雄马里奥，任何时候都能保护她，那些等同于凋零的蔷薇花则是《魔法禁书》中御坂美琴手中游戏币的化身，别看它们现在不起眼，一旦她遇到危险，它们就会顷刻间活过来，以初速度3倍的音速射出，从而保护她。她毫无原则地信任这个世界的放任态度让麦冬十分紧张，不知所措。

麦冬精心策划了一场派对，邀请荔枝的全班同学到家里来玩，对每个孩子进行暗中观察。他手忙脚乱地把柠檬汁放过了头的蔬菜沙拉和炒煳了芝麻酱的热干面放在餐桌上，殷勤地用一次性纸碟将菜肴分成若干份，然后可怜巴巴地看着追逐嬉闹的孩子们从糟糕的简餐旁跑开，去玩"灼眼的夏娜"和"罪恶王冠"游戏。

那天晚上，麦冬认真地和荔枝谈了一次话。他处心积虑地为她推荐了两个他认为可以经常和她相处的男孩。两个男孩不大说话，看她时目光柔和，有一个还有点儿口吃，在她开心地跑向他们的时候，他们会下意识地往后退一步，礼貌地为她让出空间，羞涩地和她说他们正在玩的奥比岛、奇想齿轮、破坏者、大富翁或者双语动脑机，而一次也没有在她面前炫耀亲子音乐课、妈妈的新发式、出境游和绿卡身份。麦冬的意思是，他俩是不危险的好男孩。

麦冬知道，自己不是一个好父亲。没有人告诉麦冬怎么才能做好一个 1 岁、2 岁、3 岁、4 岁、5 岁、6 岁，然后是 6 岁零 7 个月又 12 天女儿的父亲。

麦冬想做一个好父亲，但他不是。

还有，麦冬忘了说，荔枝发育得很快，他完全来不及每隔几个月就为她换下那些已经穿不了的衣裳。

16

在南方，夏天不是姗姗而来，而是气势汹汹地来，两场暮秋大雨一过,赤裸裸的艳阳就成了季节的常客。

小暑前一天,麦冬在电话里预约了时间,借着午餐空当,去社区工作站办理了辞工手续,同时感谢站里的工作人员对自己的关照。后天一大早,他将很早起床,去梅林公园接上荔枝,然后他俩会离开这座城市,以时速 120 公里的速度,沿着京广高速公路驱行 1236 公里,回到长江边的家乡。

那一天,麦冬很卖力,把他分管的路段打扫得干干净净,然后又打扫完了北林街。明天还有一天的工作,他来得及和落叶们告别。

晚上收工后,麦冬回到 B 座 3A。

杨铿锵已经回来了,在收拾东西,住处乱成一团,像遭到了抢劫。麦冬感到有些诧异,但也没往心里去,在椅子上坐下来,把自己辞工的事告诉了杨铿锵。杨铿锵点点头,波澜不惊地说,好啊,我也辞了,等着物业公司结算工资,退回押金,我俩可以一块离开这儿,这样谁也不用掏下个月的房租了。麦冬不解地问,为什么,你要去哪儿?杨铿锵一边熟练地打包着书,一边给麦冬讲了下面的故事。

杨铿锵来这座城市 19 年了。前 15 年,他和很多人一样,什么也不想,日子浑着过,挺好。他做过流水拉装配工、煤气配送员、冷库搬运工,在沙井养过蚝,在坪山炼过地沟油,去梧桐山盗过沉香木,赚过几个小钱,都拿去塞了老家那个大窟窿。以后,他和几个兄弟开了一间港货店，从中英街往外背货卖，遗憾的是，兄弟为如何分钱反目，最终大家散了伙，连本都没能收回来。15 年后，他用 5 瓶啤酒、一份隆江猪手度过了 33 岁生日。那一天，他突然觉得，他这辈子什么也没得到，白背井离乡了。那天他喝得酩酊大醉，酒醒后，他立志改变这种命运，让自己变成另一个人。

杨铿锵开始寻找目标，对目标进行跟踪，然后模仿目标的样子训练自己。

花在头一个目标身上的时间差不多一年，结果杨铿锵发现，因为经验不足，他弄错了对象，选择了一个高调人物。对方不但是各种高尔夫球赛中的名次王，还是浪骑游艇俱乐部的风云人物，且不说要练到能够打出低差点新贝利亚水准的球和考上一张 A 级游艇驾证的天价费用他根本无力支付，光是对方身边走马灯似更换的小女友，以及密不透风的职业经理人就够他受的，穿帮的概率百分之百。

他只能半途放弃，寻找下一个目标。

第二个目标花去的时间不长，大概 5 个月。最终他发现，目标是个低调的音乐剧票友，能用声线出色到近乎完美的高音演绎 Moses 误杀埃及士兵那段伤感的唱段，这个他怎么都不行。就算他把法文版《十诫》唱段全都背下来，总不能说，某一天他突然变成找不到音阶的鸭公嗓子，这在目标那些亲友面前无论如何混不过去。他只能放弃。

第三个最惨。杨铿锵花了差不多一年半的时间来跟踪和学习扮演目标的生活。这回他谨慎多了，确定目标不是天体物理学发烧友，不玩赛车，不在业余时间热衷于写歌颂新时代的主旋律歌词，在美国或者瑞士也没有一个与父亲分手多年的歇斯底里症母亲，几乎没有任何复杂的家族和社会关系，看上去，目标在一切方面都符合理想条件。没想到，在杨铿锵准备实施变身计划的前两周，他却沮丧地发现，目标竟然是个 GAY。这意味着，在成为目标本人之后，杨铿锵必须选择海星式性爱，和一个或多个肌肉男上床，这是他绝没法做到的……

"等等，"麦冬觉得不对劲，狐疑地打断杨铿锵的讲述，"你是说，'等待配型的知更鸟计划'不是假设，不是意淫，计划中的确有一个现实生活里的真实目标，而且，你确定要让自己变成他？"

"我说过没有吗？"

杨铿锵不怀好意地看着麦冬，脸上带着故作惊讶的神色。他坐在另一把椅子上，使用着他的快乐脚，它们活跃起来，不停地晃动，表明他正在得到他想要的，或者他有足够的优势从别人那里赢得有价值的东西。他请麦冬回忆，从开始到现在，他什么时候对麦冬撒过谎，欺骗过他，他一直都在告诉麦冬，他要变成另一个人，为此付出了艰苦卓绝的努力。他问麦冬还记不记得，他给麦冬看过一个中年男子的视频，那个中年男子在身心灵修为的课上，他俩长得很像，那就是他的第四个目标，也是最后一个目标。

麦冬的脑袋里嗡的一响，头都大了。他想到杨铿锵的网名，"等待配型的知更鸟"。他忘了一件事，看上去十分驯良而又不怕人类，经常飞落到人身边找虫子吃的知更鸟，是鸟类中唯一能够凭借神秘能力锁定地球磁场，为自己完成准确导航的鸟儿，杨铿锵选择了知更鸟做网名，他已经坚定地认定了自己锁定的人生磁场，只是在等待配型罢了。麦冬顿时觉得他被自己的迟钝愚弄了。他想，蠢哪，我怎么就会想不到？杨铿锵的做法有诸多漏洞，但它符合面向未来的人生准则，这在这个时代不是什么奇迹！

　　"你是说，你的目标是'阳光天下花园'里某个业主？"

　　"不然为什么我在这里一干三年，而不换别的工作？"

　　"别那么做，趁现在什么都没发生，离开这儿，你会把事情搞砸。"

　　"哈，你已经不是教员了，你被开除了！"

　　"我不许你这么做！"

　　"滚回你的过去吧，可怜虫！"

　　麦冬红了眼，站起来走过去，一把揪住杨铿锵的手腕。杨铿锵用另一只手狠狠扇了麦冬一记耳光，勾下脑袋咬住麦冬的肩膀。他做到了。然后他猝然倒下，头重重磕在水泥地上，一只手臂反剪在身下，另一只手臂奇怪地环住自己的左腿，颈部被一只膝盖顶住，嘴里吐出一堆白沫，整张脸暴出难看的青筋。

"我呼吸不过来……"他呻吟着,粗糙地喘着气,鼻孔和耳朵里蹿出血水。

麦冬朝那个妄想狂脸上狠狠唾了一口,撤开他。后者从地上爬起来,看都没看麦冬一眼,怒气冲冲出了门,稍后回来,手里拿着一大包冰块,天知道他从哪家业主那儿讨来的。他花了很长时间对付鼻血和脑门上的青瘀,在平常练习的那面镜子中认真评估伤势的严重性,然后回到桌边,继续捆扎他的书。

"我会把它们捐到图书馆换书中心,看谁能阻止人们要求上进的脚步,会有别的人需要它们,会有!"他气呼呼地说,飞快地看了前教员一眼。

现在,需要弄清楚杨铿锵的计划了。但杨铿锵拒绝在最后时刻惹上麻烦,咬死也不肯说出"等待配型的知更鸟"计划中最后那个目标的任何信息。何况,他的确没有欺骗麦冬,他说过要变成另外一个人,而且始终朝着这个方向努力,麦冬能够在梅林公园附近找到一张七尺长的床,并且成为他的教员,正是努力环节中的一部分,只是,后者一直把它当成一个妄想症患者的可笑假想,从没质疑过"等待配型的知更鸟计划"的真实性问题。

麦冬只能恢复职业思维,凭借散乱的信息,对可能发生的事情进行推测了。

杨铿锵的目标是一个没有妻子和孩子,没有父母和嫡亲兄妹,活像来自另一个世界的亿万财富拥有者,可能患有一定程度的社交恐惧症，"阳光天下花园"是他众多物业中最不起眼的一处，因为藏匿在塘郎山脚下，适合隐身和闭关。杨铿锵收集了关于他的所有资料，然后拟订计划，开始了漫长的配型训练。11天前，也就是杨铿锵向物业公司请假消失掉那天，目标按照事先与寺庙的约定前往南华寺，开始漫长的闭关修行，推测时间可能超过一年。这段时间，关主将身处一间不足18平方米的关房内，杜绝外缘，诵持经咒，过午不食，专注瑜伽密法研究，除了担任护关职责的私人助理，不与任何外人接触。杨铿锵在同一天乘和谐号动车去了广州，再从广州南站乘G6102次高速列车前往韶关东站，下车后步行300米，转乘南华寺旅游专线客车，来到曹溪边著名的南禅祖庭，混在一群瞻仰六祖道场的美、加香客中进入寺庙，确认目标是否出现在那儿，同时伺机核实目标在修行僧度牒上的闭关时间，然后离开，这其间避免与目标照面。接下来，返回这座城市的杨铿锵将辞去工作，离开"阳光天下花园"，走进一家早已联系好的美容院，按照事先与美容师严格研究过的模板，接受一系列易容术。在此之前，他已经在朋友圈散发了他将离开这座城市，去别处打工的消息，他会继续保留朋友圈一段时间，同时将利用数据库事先编制的内容发往朋友圈，直到某一天突然消失，人们再也找不到他。这是计划中最关键的一步。如果不出现意外，12个月后，匿身于市井中并且最后一次走出某家美容院的杨铿锵已经完成了他的华丽转身，完全变成目标的样子。没有人能够认出 12 个月后的杨铿锵和目标在容貌上有任何区别，也没有任何人能再见到昔日的杨铿锵。而这个时候，目标完成了无上密法复杂的证悟，以成就之身结束漫长的闭关，根据关主与客堂事先不事声张的约定，启关牌仪式将被取消，在简单的回谒奉香仪式后，关主将悄悄离开客堂，心静身轻地按计划返回深圳，在深圳停留两天，返回港岛、多伦多或者奥克兰的私宅中开始新的生活。不同的是，目标对象的这个计划将彻底终结，因为杨铿锵将会在半道上劫持他。可以想象，当目标突然看见面前出现了另一个"自己"，那肯定是一幅诡异的场面。剩下的事情就没有悬念了。根据"等待配型的知更鸟计划"最可能出现的终极结局推测，目标将在无人知晓的情况下消失得无影无踪，而杨铿锵则会以富翁的拟身面目出现在人们面前，同时也出现在富翁的财产报表上，只是，因为无上密法神秘的加持，这位前社区保安杨铿锵变成的富翁会向本来就稀少的家族和社会联系人真诚表达大圆满的启示，他将在闻解脱、触解脱、见解脱、系解脱后断绝三有根本，前往藏地终身修行，并且从此消失在人们的视野中。

　　毫无疑问，这是麦冬经验中所知道的最为疯狂的计划。

　　"你打算怎么处理那个倒霉的家伙？"麦冬追问杨铿锵，后者已经收拾完他的行李，准备离开了，"为他建造一座终身闭关的客堂？"

"别以为我只会纸上谈兵，我有预案，就算出了差错也有办法弥补。"

　　"你指克里斯·安吉尔的消失术，彻底把他变不见？你会让自己身首异处！"

　　"对不起，你的工作已经结束了，不是我在这件事情上的讨论对象。"

　　"你会把事情搞砸，你会找不到自己！"

　　"你说对了，我不想再见到现在的自己，这正是我要做的。你不知道的是，败给梦想并不可惜，败给现实才可悲。"

　　放在过去，麦冬会立刻将杨铿锵列为追捕目标，如果杨铿锵反抗，他会用手枪柄敲碎他牙齿，再把他送进监狱，他会在那个罪恶的索多玛之城被迫接受肛交，从此再也不会微笑地迈着成功者的四方步走路。可是现在，面对这个苦心孤诣并且正在走向成功配型的狩猎者，麦冬无计可施。

　　天色已经很晚了，麦冬没有煮饭，坐在椅子上发呆。杨铿锵不愿意再和麦冬说话，收拾完东西后，进进出出了两次。大约夜里11点，他办完需要办的所有手续，拎着简单的行李出了门。在门口，他停了下来，回头看了麦冬一眼，好像在看一只被踢到马路上破碎掉的水泥花盆。

　　"我不想说谢谢你的帮助，那样显得我俩都虚伪，"他说，"走出这个门之前，也许我俩该换一下角色，让我教你一点什么。"他放下行李，站直身子，"知道我俩区别在哪儿吗?"

麦冬默默看着杨铿锵。

"你只相信命运,而我相信奇迹;"杨铿锵充满自信和平静的脸上再也看不到因为内心的孱弱和外部力量的主宰而产生的不适表情:小心、紧张、笨拙、奉承、忧虑、压力、沮丧、恐惧、受伤、厌烦和坐立不安,他完全成了一个新人,"你只想着别输掉人生,而我除了赢得一切,什么也不考虑;你给自己设置障碍;而我专注机会;你厌恶富有的成功人士,而我欣赏他们;你只选择一种生活,而我,只要能得到的一个都不会放弃;你因为害怕而停滞不前,所以你永远都会失去,我也害怕,也许比你更害怕,可我不会让自己停下来,我会行动,哪怕被打进十八层地狱,我也会哆嗦着从那儿逃出来,再次开始。"

站在 B 座 3A 门口的杨铿锵身体笔直,双腿微微张开,双肩有力而放松,即使穿着一套廉价的便装,姿势也完全是支配者的样子。他的目光中充满了无比自信,你可以在好莱坞大片中看到类似的目光,雷神、绿巨人、刀锋战士、黑色天使、钢铁侠、超胆侠、金刚狼、制裁者、灵怪博士、终极复仇者……

他说得对。麦冬想。他说得对。

大门拉开,然后在一个上路者身后恰到好处地掩上,那里仿佛什么都没有发生过。

17

麦冬打扫完龙尾路和北林街，将最后一堆落叶收拾上车，收集完所有的垃圾箱，为它们换上新的分拣袋。现在，他结束了在这座城市里的所有工作。

黄昏正在来临，麦冬收起扫帚，喝掉剩下的半瓶矿泉水，用尾子水洗掉脸颊上的一块泥，把工具车推过马路，送回"阳光天下花园"车库。他在工具房里停留了一会儿，将工具一样样检查过，清洗干净，脱下反光工装，折叠好，和工具放在一起。收拾完这一切，他再度检查了一遍10个月来一直静静停在那儿的坐骑，确保它没有任何问题，然后在水龙头下痛痛快快洗了一把脸，离开车库。

麦冬返回龙尾路，这一次，他哪儿也没去，径直穿过马路，走进梅林公园古荔区，爬上一段不长的斜坡，来到古荔林，在树林中坐下。

据说，这些高大的荔枝树已经活过了千年，它们与一段古传奇有关。

麦冬仰头向上，眯着眼睛看茂密枝头悬挂着的累累果实。他觉得那些果实的样子非常好看，是他见过的最好看的果实。

"你猜，我是谁来了？"荔枝咯咯笑着说。

"我想看我怎么长在树上，树怎么把我生下来。"荔枝困惑地说。

"我没长大的时候，我不会喝牛奶，你会来看我吗？"荔枝在黑暗中说。

麦冬知道，他全知道，所以现在他坐在这儿。

麦冬在南海 7 月的熏风中发着呆，享受着黄昏来临前突然降临的安谧。他的眼睛里全是荔枝晃动的影子。

日落前，一大群红尾环纹蝴蝶从梅林公园茂密的高树上升起，在最后的夕阳中向西南方向的红树林湿地飞去。公园中至少有 20 只灰林鸮，它们不在蝶群中。麦冬曾经试图找到那些灰林鸮的栖身地，未能得逞。它们像一群瘾君子，总是在夜晚到来时不断地叫着"可可、可可"，急不可待地从人们的头顶上飞过，而更多的森林精灵在同一时刻穿过人们的身体飞走，人们看不见它们。

麦冬不是不知道这个道理，每个人都会离开自己的亲人，这需要一段很长的时间，人们需要用这些时间来适应，渐渐接受失去。但是，荔枝根本没有给麦冬做好准备的机会，她好像害怕接受麦冬在她之前离开这件事实，不愿意接受这件事，决定提前让自己长成成熟的果实，突然之间，连告别都没有就从树枝上坠落下来。

麦冬永远记得荔枝最后一次背着书包去学校的情景。那天他俩拌了嘴。她希望他去参加她的秋季运动会。她的班有一个 4×100 米项目，她是最后一棒，他应该看看她跑得有多快，快到没有人能够追上她。他没答应。他当天要赶去另一个城市,为一桩梦游杀人案结案。嫌犯根本无法控制自己的行为,已经杀死了自己的外婆和一名邻居,伤害了包括她妈妈在内的 3 个人,晚一天结案,被害者的名单会快速递增。

"不管你以后怎么求我,"荔枝眼泪汪汪冲他大声嚷嚷,"我也不会做你的女儿了!"

荔枝的裤脚有些显短,露出发毛的彩色旅游鞋帮,那里有一段没系好的鞋带,它在她冲他怨怼地扬手挥了挥跑开的时候,带动起一片落在地上的树叶,那片落叶本来安静地停在巷子口,它被拖出很长一段距离,蹿上马路,直到一辆泥头车撵上它,从它身上,也从那个奔跑着穿过马路的小人儿身上碾过去。

如果你爱一个人,当她被死神带走的时候,其实你也死了。

麦冬剥夺了荔枝多少希望,不曾在她活着的时候还给她。但他不相信她死了,这不是事实,他觉得这一切就像风一样,它来过你身边,吹落一些树叶,又离开,去了别的地方,留下一地落叶,很长一段时间,它不会再回来,但它只是盘桓在别处,或者去了更远一些地方,并不等于它不在了,不等于枝头不再有树叶。

麦冬只希望在荔枝消失的地方,在她离他而去的方向,她经过的每一个地方,他会出现在那里;在她匆匆离去的整个旅途中,他会追逐而至,坐在她曾经或者将要通过的

那条路上，等待天黑。麦冬会在那里心无旁骛，闭上眼睛
想象空气的样子，云彩变幻的样子，时光从大地上掠过的
样子，星星和另一颗星星对视的样子，落叶和回到枝头的
新芽的样子，生命逆生长的样子……

18

如果你观察过生命，不，如果你观察过落叶，请说出
它的品质。

安静，优雅，不假思索，连绵不断，执着，沉默不
语……

2016 年 1 月 18 日
写于深圳数叶轩

2017 年 2 月 17 日
定稿于深圳数叶轩

宝安民谣

早些时候，罗娣从紫金县接来一支花朝戏班子，那些扮演觋公觋婆的男女演员打扮夸张，花俏谐趣，滑稽地敲着锣，舞着扇，在人群中东揪一绺姑娘的头发，西摸一把嫂子的脸，唢呐声叽里呱啦，喜庆得很。

　　凌九发被街上传来的唢呐声闹醒，慢吞吞起床洗漱。女人丑丑不到 7 点就起来了，煲好咸骨菜粒粥，煮好鱼头粉，切一小盘卤猪胭，搭配自家渍的青菜头，一并端上桌。凌九发把嘴里干嚼的两片茶叶吐在手心里，扭头看丑丑。女人头发梳得整整齐齐，一脸平静，像是万事冇存心上，那副笃定架势，是明日断然不走，一辈子都不离开他似的。凌九发话到嘴边又犹豫了，到底没有开口，坐到花梨木桌边，粥和粉各食了一碗，推筷起身，清水漱了口，嘴里含一片酸杨桃，对女人说了声去老屋打水，提着塑料桶出了门。

　　20 多年过去，凌九发每天都要去凌家老屋打一桶井水，回家煮饭泡茶，顺便到祠堂里坐一坐，风雨无阻。

罗娣在街口指挥两个工作站的临聘工挂横幅，把"亲仁善邻，国之宝也"改成"以家为家，以乡为乡，以国为国，以天下为天下"。看见凌九发，她大声喊，九发佬，九发佬，花朝班从罗家祠堂唱起，下昼去汝家祠堂，喊汝家女人将糖水煲好！

凌九发哼一声，装作没听见，绕过街角走掉了。

罗娣是八婆英，霸巷鸡，整个社区，属她爱在人前争长短，人后讲是非。她男人摆仔和凌九发是发小，当年摆仔仗着年轻力壮做了屈蛇头，用自家渔船装内地客偷渡出境，发行水财，以后做野了，买下两台雅马哈发动机，自己造大飞，和政府的缉查队在海上斗浪花，结果被抓住，判了20年。人放出来后，摆仔不收敛，改行夹私，从新界私运电脑和洋酒过境，开罪了那边的蛊惑仔，被人堵在酒楼里，一顿乱枪，浑身打得稀烂。罗娣不是省油灯，男人尸臭熏天也拦住不让下葬，天天在政府门前哭闹，硬是逼得政府使出手段除掉那伙强人，以后不知怎么，她居然搞掂了街道办事处，做了社区工作站管宣传的干部。

凌九发是这条街最大的族姓凌家的嫡长孙。凌家五代字派，按"国运同天久，宗支合日长"取名，凌九发是久字辈，小时候取贱名叫阿九，乡邻叫顺了口，大了改不过来，仍叫他阿九，发仔。

家谱记载，安史之乱后，凌家先祖从中原辗转多地，迁至岭南，多年后，又聚族于宝安，大体上躲过了高宗南渡、满清入主中原和太平天国乱世。乾隆年间，两广地区大旱，凌家 24 世祖凌长乐示好朝廷，仗义疏财，散资赈灾，皇上钦准儒林郎捐职员顶戴，赐"急公好德"牌匾以彰后人。民国初年，是凌家族香最鼎盛期，五房五代同堂，百十几口人，家家都有读书人，不少在国民政府公干。"文革"时期，社会上横风横雨，乱象一片，凌家摊上清民两朝旧事，冲击不小，看出形势不对，凌家人纷纷着草做了走佬，走咸水逃去海外，投奔先期去了那里的宗亲，到 20 世纪 70 年代，凌家几门已经走得差不多了。受罪的凌家长门，苦于嫡传，要守祖宗牌位，发仔的阿爸凌天社不好脚底抹油，但年年饥荒，到底熬不住，也暗下留心，精心准备，托几个兄弟在海外打点接应。宝安改市那一年，凌天社带着 16 岁的发仔，父子俩扛着汽油桶和废车胎在梧桐山上偷偷潜伏了三天，趁边境枪弹松懈，凌晨时分冲下山来，从沙头角抢过铁丝网，泅水过海，将发仔的妈妈和凌家二子三子大女送到香港，托香港的亲戚将母子四人辗转送去渥太华，父子俩再去难民署自首，押解回宝安接受批斗，很吃了一些拳脚。1987 年，传闻政府要从土著人手里收回土地，老天摇晃了几十年，这一回彻底垮了，凌天社当下做主，为长子发仔定下一门亲事，女方是远房亲戚，知道凌家的情况，拿定主意愿意跟着潦倒的凌家吃苦。婚礼办完，凌天社把发仔叫到面前，告诉他，这里待不下去了，他要带余下的四弟五弟和小妹去北美与妈妈会合，可是，凌家绾草岭南1140年，聚族宝安920年，凌家公祠还在，祖宗牌位还在，嫡传这一支，无论如何不能走光，发仔是嫡长子，他得留下来守祖宗。

那一年，凌九发24岁。

凌家老屋在社区背街，占了几条巷子，三朝围屋回字相环，栋栋相套，四周城郭高墙坚固，酷似迷宫，外人进入其中，常常晕头转向，走不出来。老屋原来依山而建，恰在龙脉上，20世纪80年代推山建城，大兴土木，龙脉被挖掉，留下光秃秃一片房子和残山剩水的几条干街。凌家人离开后，老屋无人居住，渐渐显出颓势，发仔和老婆天天查水防火，赶蝙蝠捉老鼠，几十栋围屋，查一遍就得几天。90年代以后，旅游风盛，政府和凌九发商量，凌家老屋闲着也是闲着，不如采取产权不动、政府代管、公司经营的方式，凌九发搬出去，凌家老屋改建成民俗博物馆，搞旅游宣传，管理修缮的事情由公司解决，两厢不找。凌九发一时觉得松了口气，当即和政府签了合同，将妇携女搬出了老屋。

穿过遮天蔽日的榕树和麻石铺成的禾坪，凌九发迈入老屋正门，沿横门进入宝斗心，来到牌楼下。当年，每逢年节祭祀，凌家族人都聚集在此，祭拜祖宗，观看白戏舞狮，两个芳名远扬的女祖宗，也是在牌楼下设了擂台，比武招亲。如今，牌楼南角的碉楼上，悬挂着两条脏兮兮的宣传条幅，牌楼前，堆放着两架水磨和一台榨油机，一些无精打采的农家种田养蚝工具，牌楼两旁的房间开辟成展室，陈列着一些客家人的老生活物件，家具、炊具、婚嫁物、油坊环和老织机，供游客参观，牌楼后一溜偏厅，因为用不上，无人打点，成了危房，用绳索圈起来，阻止人走近。凌九发站在那儿，心里有些发堵，愧疚自己照应不上，先人的故事如同老屋精美的砖木雕画，随着岁月的流淌一点点朽蚀，面目模糊，不再有精神了。

穿过跑马廊，凌九发来到公祠，见保洁工狗古狸搭把木梯，踮着脚擦拭洋灰塑的公祠牌匾。凌九发站在下面仰头看，一道阳光顺着青麻石高墙上的望窗洒漏进来，晃在他脸上，两人一上一下打招呼。

"拿水？"

"嗯。"

"汝还保留饮老房井水嘅习惯。"

"唔饮老屋水，心慌。"

"祖上讲，乾隆嘅时候，皇上亲自立下汝家牌匾，用安南嘅上好金丝楠木做嘅，哪像今日洋垃圾，一抹就落金粉。"

"咪喺。"

凌九发那么回应了，有些伤感。凌家人去了海外，十年八年难得回来一次，只有他发仔八仙桌上摆灯，添油不换芯，孤身一人守着老屋，哪里又能管住金粉的事？记得有一次，三房家堂兄弟雷仔带了外国老婆和两个混血儿子回来认祖，兄弟俩在老屋门前遇见，凌九发竟然认不出来，差点拦住没让进门。那次雷仔也问过公祠牌匾的事，他说不清是怎么交代的。

凌九发离开祠堂，往老屋后面走，鹅卵石铺成的巷子，路面干净。路过中楼，拐进北街，他站在房人天井中，水井就在这里。

老屋的水井不止一口。当年老屋有三口甜水井，煮茶酿酒，都是上好的甜水。80年代以后，两口井逐渐失去水头，只剩房人街这口井水头未断。那两口井干涸时，凌九发天天去祠堂敬香，乞求祖灵保佑，还花钱请了专家来查看。专家说，老屋周遭大肆盖楼，地层下降，断了水脉，水井死了，救不活了。凌九发那天晚上回家，关上门，狠狠给了自己两巴掌，坐在床头流了半夜泪，事后瞒着，没敢把这件事情说给大洋对岸的老窦。

凌九发从井里汲了水上来，装满塑料桶，再提了一桶水洗了井盖，正打算离去，天上飘过一阵雨水。雨水来得急，很快就有细细的水柱沿着内城楼阁上的茶壶耳注落下来，雨不像一时就停的样子，眼看一时走不掉，凌九发索性坐进回廊里，等落水过去。

阿爸带四弟五弟和大妹去加拿大后，土地制度改革开始，村里成立了投资管理公司，各家的地押进公司集中生财，倒不像之前土地充公的传言。凌九发跟着村里精明的人，抢在交出地契前盖了几栋房子，租给南下揾工的外省人。几年后，村里摊派股票，干部天天上门来做工作，凌家只剩发仔一个，不再是大户，撑不起强，凌九发只能开了箱柜，拿押地的钱换了股票。开始看不出来，以为地也没有了，股票不过是几张纸头，谁知道，以后城市见天胖一圈，只用了三十几年，一座乡间古镇成了现代化超大都市，人口翻了 70 倍，政府公租房来不及盖，房价疯涨，光是收租子，凌九发每年就有几百上千头牛的收入，摊派的股票也成了摇钱树，加上公司土地分红，凌九发和村里人一起，懵里懵懂就成了品着长颈酒叹世界的肥佬。凌九发经常感慨万端，猪笼入水的事情，自己没有看出来，一生谨慎，不缺谋断的阿爸竟然也没有看出来。

雨丝飞飞，在阳光中亮晶晶起舞，丑丑扭动身子，穿过雨丝一串碎步进了天井，给男人送雨伞来。凌九发停下思绪，拎起桶，两人也不说话，女人把伞罩在男人头上，双双离开房人街。老屋的排水系统很好，地上一点积水也没有。

走出老屋大门，凌九发似后脑勺被人吹了一口阴气，毕恭毕敬地站住，回头朝老屋看。

老屋就像堆放在那里的一只只空空的蛇蜕蝉蜕，一点生气也没有。

凌九发没有上过大学，但喜读书，凌家人离开时，带走了细软，唯独各家的书带不走，留下了，凌九发把那些线装的绢本的宝贝收集到一块，腾出两间干燥的屋子来装它们，没事的时候，坐下来一册一册地翻。他记得《敦煌本梦书》中说，蛇蜕主移徙事。崇尚耕读的客家人说，蝉脱壳，人解脱，蛇换皮，有新衣，是讲人进入更高境界的过程。凌九发不接受这种说法，他想起唐人李绅写蛇的诗："已应蜕骨风雷后，岂效衔珠草莽间。知尔全身护昆阆，不矜挥尾在常山。"又想起李商隐写蝉的诗："薄宦梗犹泛，故园芜已平。烦君最相警，我亦举家清。"凌九发心想，人过一世，竟然胜不过蝉过一秋，这么一想，不免摇头。

公婆二人沿着雨丝晶亮的街道往回走。丑丑举着伞，一只手挽牢凌九发胳膊，不让他脚下失了滑，自己也添一份撒娇，两个人在雨中的身影被风一吹，向一边斜去，煞是好看。

年轻时，凌九发跟着阿爸做过几天生意，父子俩黑汗水流，往内地倒卖尼龙布、电子表、卡带、雨伞和从新界贩来的二手货车。凌九发不喜欢吃黑皱皮的商贩饭，生意做得有一搭无一搭，为这个没少挨阿爸的骂。他好艺文，和阿爸商量，开了一家南洋歌舞厅，歌厅里放陈百强的《一生何求》、谭咏麟的《爱情陷阱》，赚香港货柜司机的钱，自己也能在歌声中找到一点平衡。等阿爸带着弟弟妹妹离开家乡后，凌九发索性关了店面，卖掉歌舞厅，不再做生意，只管在家里坐着收租子，不像村里几家留下没走的大姓户，生意做到天上，做出了背景，如今个个是上市公司执董、人民代表和政协委员。

也是雷仔回乡那一次，凌九发的老婆受了刺激，闹着要和其他的凌家人一样，去国外享清福叹世界。凌九发不同意，两公婆打得不可开交，最终老婆寻死要挟，凌九发挨不过，只能把老婆和两个女儿送去北美。老婆走后，凌九发心无牵挂，天天和南街开粥店的带福、开家具城的老摔，几个儿时淘兄弟喝洋炮、敲大背。嬲闲着过了几年，他开始对这样的日子神憎鬼厌，于是洗脸收山，在家里写写画画，修家谱，收集祖上故事，打算出一本书。

凌九发双眼皮，蒜头鼻，斯文礼节，长一副官仔骨，年轻时青靓白净，衣着齐整，即使过了中年，仍然有样有神，不像大多发财发福的同龄仔，肥尸大只，肚屎忒忒，穿件黑裰双面香云纱，跶双二趾挑人字拖，蹲在档口挖耳眙。俗话说"无梁不成屋，无妻不成家"。凌九发几十年守着凌家老屋不动，老婆离去后，他便成了屋檐水，到底人还年轻，身边长期没个女人，刀割韭菜心有死，他也想学街上那些花蛇公、麻甩佬，趁钱勾女图快活。可是，每天夜里心里发烧，生出屙唏唏的念头，黑口黑面的想要出邪，早上再拎着塑料桶到老屋汲井水，往公祠面前一站，祖宗牌位如双双眼睛盯住他，那个念头就黄瓜打狗，不见了一截。

先以为自己是箩底薯，卖剩无人要，凌九发就只当余生做定白糖饼子，没馅料了。哪知风送人，雨留客，带福嘴长，把凌九发有意续女人的话放出去，一时间，说媒的自荐的挤破门槛。罗娣听说凌九发有心换床，上门来当大葵扇，要把死了男人的堂妹介绍给他，以后又降了辈分，换成外侄女。凌九发心里明白，八英婆先认罗衣后认人，明摆着要来钓他这条肥水鱼，可凌家即便蛇去蝉绝，他凌九发也不肯剥了裤子做人情，提着老屋的井水，去浇别人家的苦田。罗娣说媒不成，背后发咒，到处放风说凌九发是软脚蟹，搞基佬，还暗中找了鸭头，让鸭头带了两个粉头粉脑的脱衣舞男来找凌九发做生意，被凌九发抄了砚台砸出门。

也是天生眼，煮粥煮成饭，一天，凌九发闲得无事，和带福在南街粥店听雨喝茶聊八古。带福起了兴致，打电话招制鞋厂熟悉的兼职厂妹，那厂妹带了个小姐妹来，两人脸涂得花红柳绿，一步一扭进了粥店。凌九发带眼识人，见怯生生跟在后面的那个厂妹紧抻衣襟，腿胯僵直，大气不敢出，不免心里一动。带福领人上楼，留下僵直女。凌九发好言好语和僵直女扯了几句闲话，然后叫她做一件事，进屋去把脸上的胭脂洗了。女子故作娇媚，扭身扭势不肯。凌九发摸出二百元钱，放在桌面上，称就当她出他的工。女子收了钱，进屋去洗了脸出来，再看时，她是那种一眼货，相貌不出众，丢进蚝仔堆里都扒不出来，一双眼一双手却干干净净，一问，她叫丑丑，梧州人，居然同是客家。

凌九发上了心，从此搭上丑丑的讪，隔三差五约丑丑出厂，每次付她二百元，算她出工。两个人在茶楼喝茶，去粉店吃粉，东来西去，聊些闲话，凌九发于是知道，丑丑早年死了父母，被守寡的姑母养大，是冇瓦遮头的孤女，两年前进厂找生活，厂里揾食不易，每天在刺鼻的橡胶气中冲来冲去，做十四五个小时，回到宿舍只有冷水打牙，因为相貌平平，工长不给她派加工单，钱挣得少，就想跟着姐妹出来做兼职妹勾佬。

"小姊妹嘅话，过去做咸水妹正得揾，今下内地嘅发财佬分得比鬼佬多，咸水妹反倒冇人做了。"丑丑故作老练地卖弄刚学到的知识，称自己跟小姐妹学过几天英语，能说几句搭白的鬼佬话。

"净有钱唔掂，"凌九发听不得这种作贱的话，有些不高兴，放下茶盅教训对方，"有钱就系大爷，人爱有志气，人冇志气连鬼都嫌弃，有了志气正可以大爷腿下多一点，做到太爷。"

凌九发那么说了，心里咯噔一下，不由得想，他说志气，他的志气是什么，胯下的那一点又是什么？难道是如今这样，守着祖上的牌位和老宅，做凌家留下的最后那一个子孙，这算得上志气吗？

夏去秋来，街头的枫香树和黄连木变了颜色，两人渐渐熟络了，倒是丑丑心生不安，一次没捺住，问凌九发，为什么不和她做那种事，二百块，够价。凌九发慢吞吞说，唔稳鸡婆，怕得花柳。丑丑一听，黑下脸来，绿鼻子绿眼狠狠瞪凌九发一下，起身就走。凌九发扯住丑丑。丑丑说，你放手。凌九发说，咁大嘅脾气。丑丑说，脾气算乜计，惹急，偓还会爆炸。凌九发说，汝收了偓钱，唔可以话走就走。丑丑说，钱出来就回不去了，想拿来，门都冇。凌九发说，汝讲偓听，汝有冇老公？这回倒是丑丑笑了，咯咯的，人往地上弯，说要死呀你，人家还唔到结婚年龄。凌九发暗爽，点点头，心中落下一道闸，接下来就不遮掩了，脸上笑眯眯，话往直率里走：

"好田唔做秧地，好女唔做阿二，可惜偓有原配了，汝若愿意，汝唔嫌我箩疏，偓唔嫌你米碎，偓俩做相好，汝嘅生计偓负责，干点肯？"

"汝讲脏病，汝先赔礼道歉，再讲相好。"

"有杀错，冇放过，当偓冇讲过。"

"咁汝讲，猪肉大块块，笠麻冇顶戴，以汝嘅数口，几多女人俾汝拣，咁丑，量边拣偓？"

"膻膻都系羊肉，唔食猪，唔食鱼，就食你。"

"汝讲相好，指乜计？"

"唔系婚姻，唔系正规夫妻，两相情愿，就算一口亲，唔搞六礼嗰笼嘢，拜堂也省了，免得乡间讥笑，汝同意唔同意？"

"面碗鸡吃唔吃？"

凌九发没有想到丑丑会提出这个问题，一时怔忡，想一下，竟然乐了。

"咪话面碗鸡，汝想吃百鸡宴也唔系做唔到。"

"男人晓落海，女人晓上山，难道偃怕你？只要顾上生活，相好就相好。"

丑丑眉头都不皱，脖子一扬，一口应承下来。

第二天，凌九发换了件出门衣裳，去了一趟九龙，在周生生店里挑了全套金饰，再从银行里支了十条牛，要求出银生取簇新的钞票，烫金红包封好，把丑丑叫到家里，首饰红包交给她，算是聘金盘嫁都在里面了。丑丑刚收工，工装还没换，一绺汗发贴在红扑扑的脸膛上，一双油手背在身后，不接聘礼，追问凌九发，那天他为什么问她有没有丈夫。凌九发说，路上的靓女别人的妻，采枝荷花牵动藕，你若有老公，我唔掂你。凌九发反过来问丑丑，要是他不答应吃面碗鸡，她会不会跟他。丑丑毫不犹豫地说，唔跟，冇嗰碗面，女人落听唔了，唔识得跌下哪座万丈悬崖下。那一句知根知底的话，竟然把凌九发说愣住了。

听说凌九发要把丑丑接到家里过，带福百般不解，扯劝他，救苦不救赌，养大不养二，相好易，同住难，女人仲系当衣裳，穿喺室外，回屋脱个光光。凌九发偏偏不认这个理，说带福，邻家狗，食咗走，我唔中意生僻嘅皮肉关系，唔进家门嘅女人，我唔爱。

说是省了正式纳亲的规则，凌九发还是择了吉日，两个人在一起的那一天，他剃了头，净了须，箱子里翻出西装穿上，整整齐齐结上领带，把自己收拾一新，然后开车去工厂门口接丑丑。事先吩咐了，行李不用带，送给小姐妹，以后再不回厂子，合当这一天就是报日子接亲了。

那天凌九发没有径直回家，车载着丑丑，绕了几条街，开到镛记烧鹅店门口，他事先在这家老字号订了台位。菜没有多叫，只是择喜庆叫了一钵香气扑鼻的盆菜，看着层层码放、收罗尽世间生活、五彩纷呈的一大盆菜端上桌，丑丑眼睛瞪得差点落在桌面上。凌九发从筷架上取过筷子，筷头背转，萝卜、枝竹、冬菇、花胶、鱿鱼、大虾、发菜、蚝仔、鳝干、鲮鱼球、炆猪肉，一样样为丑丑交代过彩头，拣了一大碗放在她面前，再摆下筷子，笑吟吟端起酒杯，与丑丑喝了交杯酒。酒杯放下，叫声上饭，服务生这才端上一吊子热气腾腾的面碗鸡。凌九发亲自分面，两只油汪汪的鸡腿拣进丑丑碗里，两只滚圆的鸡蛋一人一只，说声吃吧。丑丑不说话，抄起筷子，咬一口鸡腿，再咬一口鸡蛋，眼泪扑簌扑簌落入碗里。

头一夜，两人生疏，各睡楠木床的两头。三更过后，凌九发没捺住，凑到女人身边，捏住她一只手，人搂进怀里，老鼠拉龟，不知从何入手，搞到一头烟，终究不得要领，匆匆忙忙，天就亮了，倒像两个不谙人事的新人。

第二天，日头过了顶凌九发才起床，丑丑已经煮了朝食等他起来，见他懵眼懵口坐在床头，甩着手上的水珠进屋，顽皮地歪着脑袋，叫了声太爷。凌九发知道女人记住了自己的话，不免暗爽，作古作势端了架势，让她替自己套鞋在脚上。丑丑也不扭捏，弯下腰，捉住凌九发的脚为他穿鞋。凌九发将丑丑的手一把攥在掌心，正了脸色说，俚只系试试你，唔晓爱你做呢种事情，俚爱汝丢命唔丢人，俚捞汝过日子。

丑丑看他一眼，也正了脸色说，耶，反转猪肚就系屎，你话反面就反面啊，有钱嘅连龟公都高三个辈分，太爷就太爷，我唔计较，你倒面红。一句话，倒把凌九发说笑了。

过了几天，丑丑捺不住，像被人按住机关，灯一关就在床上翻来覆去姣出汗，到底凌九发犁耙荒久，百般渴泥，擒高擒低，一战再战，两人水渌渌一身搏到死，直闹到鸡叫。第二天，两人赖床赖席，到过午才起。丑丑睁开眼后一脸惊喜，说，俚以为自己是被汝买来暖脚的一团肉，原来汝藏着力气，功夫厉害。凌九发不免得意，也拿惊喜说女人，俚以为你白面馒头，冇料，哪知你系卖花姑娘插竹叶，装冇料，其实花枝匿喺篓子里，兜底香。丑丑不经夸，笑得花枝乱颤。凌九发伸手将女人搂进怀里，问自己够唔够老姜，她觉不觉着辣，又说，好鼓一打就响，好灯一拨就亮，你系好鼓好灯，以后就跟手我诈娇吧。

以后辞冬迎春，两个人正经过起日子。俗话说，结舌的勤话事，跛脚的勤行路，丑丑不是招眼女，行在街上贴墙走，从小跟着寡妇姑妈过苦日子，干活却是一把好手，样样拿得起放得下。凌九发多年没人照顾，日子过得不讲究，常常做阿排哥，穿件衣衫上纽搭下纽，自从丑丑进了门，夏有纱，冬有袄，头脸焕然一新，精气神多出一长截。凌九发喜欢吃阉鸡水鸭，档口有的卖，丑丑偏偏不买那些冻库货，自己去背街的河汊里盖了间鸡鸭棚，养一群鸡鸭，间天杀一只，换着菜谱做白切鸡、酱油鸡、盐焗鸡、豉油鸡、三杯鸭、柠檬鸭、烧填鸭，连同以后闹翻粤港的非典和禽流感，凌家终日有鲜活鸡鸭食。吃饭时，两个人少不了逗几句趣。凌九发捡一块肉放在丑丑碗里，念两句歌谣：丑丑唔爱吃肉，只爱吃豆，吃饭发愁，越来越瘦。丑丑不干，还嘴道：发仔又爱吃肉，又爱吃豆，唔愁胃口，壮到捞头牛。两个人大笑，碗里的汤水扑乱一嘴。

丑丑把凌九发收拾得像新郎官，自己却从不打扮，一身衣裳进家门，翻年过去，还是那一身，凌九发埋怨了几次，她耳机磨出了茧，揣了卡出门，到南山外贸中心批发了一网袋 A 货，拖回来塞进衣柜，也不见她穿。凌九发说她，你人丑，唔打扮唔能睇。丑丑理直气壮，我唔中意戴手表拷衣袖，戴金戒挖鼻屎，镶金牙笑到死，处处摆显，我唔觉得我丑，脸洗干净都好睇嘅。凌九发说，睇你半癫癫。丑丑就扯了嘴角笑。她爱笑，一笑就犯骚，凌九发两颊发热，拿她无计，只好念一首民谣取笑她：人姣笑，猫姣叫，鸡姣咯咯狗姣跳。

丑丑属赖抱鸡，话不多，只喜欢做事，做完事就躲在屋里又哭又笑看韩剧，不肯出门。算是活该一家人，两个人在这方面一担担，不同的是，凌九发不问家务，不理饭食，万事丢给丑丑，他关在家里，花七年时间修谱，七年时间写凌家纪事，这期间和政府有扯不完的皮，隔日跑一趟工作站，要求政府加强老房管理，追加祠堂修缮基金，其他的事情，都得丑丑出面管。

先是凌九发租出去的楼，有几个租客赖账两年，收不回租子。丑丑去了，兄弟大叔一顿叫，请人家吃了餐饭，把人送到楼梯口，回头手往电闸上一搭，笑眯眯说，北佬南下，海归东进，房源吃紧，下月涨租，兄弟大叔再唔交租子，我带警官来封门。第二天，凌家就收到租客汇入的租子。

接着是凌家老屋，只因围屋太大，民俗博物馆用不完那么多，不少房间长年闭紧，免不了生出些怪象。丑丑去看过一次，回家找条纱巾裹了头，拖了扫帚水桶去，檐蛇也敢打，百足也敢踩，地龙也敢捉，几天下来，收拾得干干净净。承包民俗博物馆的那家公司经理自知理亏，跑来讨好丑丑，要聘她到公司做内勤总管。丑丑绿眼绿鼻瞪经理一眼，做乜计内勤？佢系管家婆，下次再看见地头蛇，佢捉条蛇俾汝当皮带，捉条龙俾汝当宵夜。吓得经理连忙走开，回头吩咐加两个保洁工，再看见檐蛇地龙，拿保洁工是问。

凌九发提着井水往家走，一路上想着这些往事，心中感慨万端，不断扭头看丑丑。丑丑也扭过脸来看凌九发，目光似清洌的井水。凌九发经不住睇，目光收回。丑丑行路风刮云飘，做事有模有样，其实是襟睇的女人，这些年吃穿不愁，心情舒畅，日子越过越顺，井越掏水越清，年过三十后，人胖起来，红粉花飞，有笋有波，凌九发看习惯了，倒奇怪她先前怎么睇着人丑。

两个人一路无话，回到家中，丑丑接过桶去烧水洗盅泡茶。凌九发招呼说，唔忙，坐下说说话。丑丑说，你先吃两片万寿果，我把鸭子搅掂了再嚟。

前些日子，丑丑托人从陆河买了些青梅回来，泡了坛老酒，剩下的梅子腌制上。青梅护肝养胃，生津止渴，防人老，早上她杀了一只水鸭，冻在冰箱里分泌乳酸，准备冻够了时间做酸梅鸭。

时光转根刹唔住，一晃就是十几年，凌九发从四十的汉子挨到五十的佬，也到了鬓角见霜，腿弯发僵的年纪。靠着他每年汇出去的钞票，凌家人不但在海外站住了脚，还买地置业，做起了家族生意，日子过得枝繁叶茂。凌家在海外的人心里都清楚，长门家阿九一个人在家乡守老宅，一生祖宗债，半世家族奴，都交由他一个人来承担，实在是辛苦了，凌家人就商量，要接凌九发去北美住上一段时间。

那是头三年的事情，大女儿结婚，凌九发借这个机会去了一趟加拿大。飞机在渥太华机场降落，凌九发推着行李车从入境通道出来，一眼看见，乱糟糟的接港区里，阿爸凌天社领头，身边站着自己的妻子、两个女儿、四个兄弟两个妹妹和他们的配偶孩子，一大群等着几十位凌家宗亲，场面竟然比迎接政府代表团还要隆重，凌九发一时湿润了眼睛。因凌九发的到来，凌家分散在北美各地的亲人纷纷聚拢，光是百十人的聚会就办了四五场，凌九发站在老少亲人中间，凌天社领着他在人群中一个个地认人，人们擎着高脚杯向他说感激的话，问一些家乡的事情。凌九发想到那些陌生的面孔，他们是他的血缘宗亲，他替他们尽心守老宅，照顾祖产，此刻面钵大过箩格，这么想过，身上暖融融的。

凌家人安排凌九发在北美至少住个一年半载，几门宗亲家里都要走一走。凌九发去了温哥华、金伯利、本那比，去了纽约、洛杉矶、丹佛；他打着挺括的领带，微笑着和一个个亲人，以及他们的异国异族配偶说话，聆听自己的两个女儿和亲戚的孩子们用异国异族语言说话；他觉得身处一个陌生的国度，找不到满耳的乡音，这份亲情已经掺杂了一些异样，显得有些勉强了。那一刻，客家人凌九发突然想念起丑丑。他盼望快点回到家乡。

凌九发匆匆结束了北美之行，返回国内。不久以后，凌家人终于知道，凌九发在北美待不住，是因为他身边有了一个女人。凌天社不放心，要长媳回国看看。凌九发的妻子不愿意，申明只要人不娶进家门，每年钱不少汇，她才懒得操心和野女子见面。凌天社打发老二凌久愿回国一趟。凌久愿那次回深圳，住了半个月，叹喟家乡变得认不出了。兄弟喝茶聊天，凌久愿转达了老窦的意思，长子独自守着老宅过日子，不容易，只要不糟蹋祖产，不让外姓人占了便宜，身边有个女人照顾，家里能体量。又说，丑丑别的都好，就是呆拙了点，难为大哥忍得下来。凌九发一脸淡定地看兄弟，嘴上不接话，心里想，马好唔喺叫，女美唔喺貌，我系老狗嫩猫，自食自知，与你这家乡话都呃晒嘅人，有乜计关系。

二弟回北美后，凌九发自知连同自己在一起，凌家人亏欠了丑丑，心里惶惶不安，每月加倍给丑丑生活费，梧州老家养大她的寡妇姑母，也帮助老人起了三层楼房子，买了养老保险。原本以为身为系命于天的客家人，东南西北，在世去世，由不得自己，他看中的是丑丑的人品，也许命中两人就是一对槟榔，该要嚼在一张嘴里，日子也就这样了，哪知道，吊菜吐蒂，楮果灌浆，丑丑就怀上了。

丑丑是两年前怀上的，那个月，突然就没来红，去医院一验尿，阳性。丑丑急得脸都绿了，立刻挂号，要把孩子做掉。凌九发拦住，让另外换号做全基因筛查，孩子要是健康，就生下来。丑丑死活不肯，说讲好了，偓捞汝只系相好，冇讲生细蚊仔，我生唔落嚟。凌九发说，冇讲生细蚊仔，唔等于唔生仔，隔离邻舍唔只我地生，带福养七个仔，三个仔连阿妈都冇见过，还不是生了？丑丑讲，我俩冇法律关系，生下就系犯法小孩。凌九发浑跺脚，说，犯就犯了，犯了我哋用大王救佢，净系拎上钱去派出所上户口，只要唔系假钱，唔好讲JQKA拦不住，四把呆脸嘅小2也拦不住。

孩子生下来，是个男仔，凌九发高兴坏了，拢在怀里不知道怎么疼才好，这次留了心，笃定要瞒住北美那边，不把孩子的事情说出去。哪知孩子一岁多时，凌家人还是知道了，原来是罗娣做长舌妇，满世界传播阿九老来得仔的事，她家在北美的亲戚告诉了凌家人，凌九发的正室知道了，一蹦三尺高，扬言要带着女儿女婿回来杀人。凌九发十分紧张，怎么说，儿子和要回来拼命的女儿一样，都是自己的骨肉，不该谁来杀，丑丑替自己暖了十几年脚，他也不能由她被人欺负，但是，怎么才能阻止这一切呢？

凌九发担心丑丑母子俩，放高怕猫，放低怕狗，思前想后，一时想不出办法，索性一枪打，准备把母子俩送去澳大利亚藏匿起来，那天晚上上了床，灯一关，他就和丑丑商量，没想到一提这件事，丑丑就跳了：

"天口越冷风越紧，人越有钱心越狠，汝实系又睇中边个打工妹，要撇脱佢？"

"世上冇长工做老爷嘅，只有丫鬟做太太嘅，可惜如今规矩唔同，佢娶不了汝，汝若系死守，成世贱格。"凌九发耐心劝说，"客家人，命喺天下，汝带阿仔走，人汝替佢挨带大，买猫仔，睇猫婆，有汝做妈，佢唔惊住他唔掂人，日后佢若爱想回来，俾佢买张机票，唔爱回来，天下都系佢嘅，唔使勉强佢。"

"汝净系汝阿仔汝阿仔，偍呢，偍汝量边安排？"丑丑眼窝浅，抹着泪讲么个也不肯走。

"汝嘅生活，汝自己决定，爱耐唔闲，重头搵一个男人也做得。"凌九发心里难受，换了吓唬的口吻，"跟久嘅女子唔中留，留来留去留成仇，趁今下还有一份夫妻情，再留下去，乜嘢都唔剩。"

"偍走开，汝量边办，乜人来照顾汝？"丑丑十五十六拿不定主意，背过身，跂起屁股往凌九发怀里钻，让他从后面把她抱紧。

"都说子卖爷田心唔疼，偍系守祖宗，走唔脱了。"凌九发火烧旗杆，好长一声叹，"汝定晒，偍系老蟹壳，寿星公吊颈，嫌命长，汝唔使管偍。"

"担竿也曾做过笋，偍忘唔了汝样般同偍相好嘅，离开汝，偍怕偍做唔掂女人。"

"汝系大眼乞儿，懵着意口，糊涂！"凌九发急生气，话讲得顶心顶肺，"汝唔想想，再长嘅工夫长唔过命，等偍老了，守唔住老屋了，汝打发阿仔回来替偍，偍也甩身第日自由日子，要系偍老婆对偍唔好，偍走咸水去搵汝。"

"嗰时？满面乌蝇屎，汝怕认唔出偍。"一听男人说要去找她的话，丑丑抹一把泪，反倒笑了。

"乌蝇都系肉，乌蝇都系肉啊！"

凌九发那么叹着气一说，两个人不再说话，丑丑赌气不理凌九发，把他捉住她胸口的手擘开，凌九发再按住，她就不再擘他，任他捉住。那一夜，也就这么过了。

关于丑丑要不要带着儿子走的事情，两个人扯了几天皮。凌九发也舍不得女人，这个时候就知道越爽时越痛，可他是长结实了的地皮菜，命中定了生死，衰到贴地也不肯承认风雨侵骨，一咬牙，打死狗讲价，不再与女人商量，联系了中介，办理母子俩移民澳大利亚的手续。钱一交，事情快脆搞掂，连同入籍需办的产业，不到三个月就办下来了。

眼见日头当午，丑丑炖上了水鸭，进屋来陪凌九发饮茶。两个人也不提明天的事，只说了些带阿仔落地后要办理的事情，无非去银行开户头，购买医疗保险，去语言学校学习，考驾照，因为是投资移民，不必工作，TFN 暂时不用办。两人说了一会儿话，茶也饮出了汗，丑丑就去收拾午饭。

当天晚上，凌九发早早上床，丑丑哄睡了孩子，过来陪他，两个人躺在稀疏的月光里，凌九发一句一句叮嘱女人：

"精人出口，阿茂出手，汝唔系精乖人，少讲话，多望事。"

"知道了。"

"亲生仔唔如近身钱，汝把钱管好，莫宠阿仔，让佢多吃滴苦头，冇坏事。"

"知得矣。"

"土帮土成墙，水帮水成浪，人帮人成王，遇到事干唔好急，揾揾客家商会，天下客家一家人。"

女人这回不再回答，搭只胳膊过来，脸埋进凌九发怀里。凌九发伸手一摸，摸得一手湿，知道她哭了。常言道，偷风莫偷雨，凌九发知道，这个时候，两个人不该再亲热，那是伤心伤骨的债，千年也还不清，他偏偏认不下这口心气，翻身骑到丑丑身上。丑丑满脸糊着泪水，扭动几下身子，突然就笑了，说跷屎啊睇汝得意，都几大年纪了，老冇正经嘅猴哥。凌九发不理睬，停下疯狂唞唞气，然后继续疯，继续疯，横了心要把自己疯死。

第二天，丑丑特地起了个大早，朝饭做了咸鱼鸡粒煲吊菜，一碟油淋烧鹅，一碟渍芋荷，凌家平常的饮食，只是，她特地烫了两只九钱杯，倒了两杯孖蒸酒，端到凌九发面前，也无话，陪他默默地喝了一杯。

吃过朝饭，头一天订的双牌照过港车到了门口，夫妻俩抱着儿子上车，车过皇岗口岸，径直噶到新界赤鱲角机场。办好登机牌，托运了行李，按昨夜叮嘱过的事项，凌九发再一一叮嘱过丑丑，抱过儿子亲了几口，把儿子交回到丑丑怀中，再要去抱丑丑，女人嘴唇白晒晒的没有一点血色，人往后面撤了一步，不让他抱。凌九发想，就这样吧，就这样吧，便向女人抱手，示意她过档去。丑丑哭着扭头进了过档的队列。凌九发抓心抓肺一步一挨在旁边跟着队伍往前走，眼睁睁看着母子俩互相抓着手，在蛇一样的人群中蠕动，终于消失在海关通道后面。

　　都说长兄弟，短爹娘，长夫妻，短儿女，在凌九发的日子里，除了漫长的孤独寂寞，一切都短得不像样，连同祖宗，连同血缘宗亲，没有一样长到让人相信。他看不懂流水的岁月，其实不是看不懂，只是那些叫爹娘兄弟的，叫夫妻儿女的，他们出生时，落在祖宗养熟的土地上，在这片土地上长大，再从这片土地出走，从此再也不曾回来，这片土地上别的老旧生命，即便留下暂时没有走，绿卡呀，国籍呀，也早换掂了，无非在等待时机，终归会在自家祖宗坟头上祈福，进别家宗祠里还愿。

　　凌九发站在那里，懵懂着双眼，看面前排着长队等待被一条条通道吞噬掉的人群，那些通道通往世界各地，那里面已经没有他的亲人，没有他以为可以是亲人的人了，他就那么呆呆地站着，口中默默念出两句老旧的民谣：

　　虾冇姆，蛤无公，生鱼冇死日，塘虱冇出涌。①

　　由不得，凌九发眼泪落了下来。

2016 年 3 月 6 日
于深圳数叶轩

---

　　① 虾不论雌雄都叫虾公，青蛙不论公母都叫蛤蟆，黑鱼生命力顽强，只要它活着，塘虱鱼就别想游出池塘。

金色摩羯

倪小萱到公司办入职，接待她的是人力资源部的嵇慕儿科员。

　　嵇科员告诉倪员工，公司这周离职 169 人，入职 173 人，不是每个员工都能住宿舍，积分 200，达标才有资格申请。

　　"不想租房。"

　　"那就买。"

　　"有达标捷径吗?"

　　"有，公司骨干。"

　　"哦。"

　　"哦。"嵇科员嘲讽地学对方口气，暹罗猫般黑得发亮的眸子上下打量面前个头小巧的倪员工，"不如这样，你让我同情，玩躲猫猫，借我宿舍住几天，找到捷径再打马出营。"

　　倪小萱沉默了。她觉得入职第一课来得太快。算我输，她心想。她决定接受同情。

嵇慕儿领倪小萱去自己的宿舍。不是那种挤上十个普工的大通间，是专为骨干配备的，十几平方米，四人间，独立盥洗室，空调饮水机俱全；另两位室友是 AI 工程师陈丹丹和 SE 工程师甘梦琪。陈丹丹办事去了，甘梦琪在。

"本人去年十一后上的班。阿琪是前辈，早我半年。"嵇慕儿向倪小萱介绍室友，"丹丹姐是僵尸级员工，入职快两年了，你得叫前前辈。"

"哦，向前辈学习。"倪小萱礼节性地向甘梦琪点头，心想，不就一年工嘛，怎么就前辈了，还骨干，同时下意识快速评估了一下对方颜值。

甘梦琪大眼大嘴，性感的锁骨发，两道微卷酒幌似荡在五官旁，可见脸廓虚宽，需要遮蔽，没有什么战力；嵇慕儿之前在人事部就评估过，生机勃勃的圆脸，精练的高位马尾，目光张狂，属于战旗高扬战力过剩一类。倪小萱在心里默估了一下，除了个头比她俩矮小，别的不会输下什么；只是没有见到前前辈陈丹丹，办入职时就听说是著名冻龄美人，80 后妇女，科技园区随便一走动，95 后女生哎哟哟眸子拽疼，一片片往下倒，这让倪小萱有点不放心。

刷脸程序完毕，倪小萱暗做决策，晚上出门找家靓店，泼血把清汤挂面换成人鱼式，保持原有发丝的顺滑优势，改为内扣式，为自己加持一份收敛的自信。

"这么简单啊。"倪小萱往二位床上斜瞄一眼，私人用品儿近于无，不像安居乐业的样子。

"这儿的人流动性大，干满一年的没几个，复杂即累赘。"嵇慕儿快嘴快舌地说。

"昨天赵白白还在你那张床上睡着，痛经痛得满床打滚，今早就带伤去了别的公司。"甘梦琪怀里抱了只分辨不出来历的萌形公仔，嗲声嗲气补充。

"或者正嚼着第四片芬必得，在去别的城市的火车上跟自己发狠。"嵇慕儿冷冷地说。

"为什么？"倪小萱唐突地问。她问的不是前任为什么嚼芬必得，这个经验她自带，她问的是一周走169个，这么多人离职，不正常。她不想在新职业中遭遇命运咒语。

"高新科技，好比高速地铁，见过地铁快，见过谁把它当家？"嵇慕儿的回答很干脆。

"别怕，卵巢萎缩前，不到抱团养老的时候，伤感不严重。"甘梦琪在另一头鼓励说。

"你们呢，也不打算待满一年？"倪小萱觉得事情似乎不像甘梦琪说的，有一种雏鸟隔季换巢的不安，她不希望过几天也和嵇慕儿一样，给新来的室友介绍芬必得的另类用途。

"阿琪不一样。"嵇慕儿意味深长地看了甘梦琪一眼，"通信工程专业，公司优秀技能人才培养计划人家有竞争优势。本人商务英语三年，难度大。"

"什么难度？"倪小萱来劲了。她是理科学院优等生，最听不得难度的话，她就是为这个才来这座城市；她确信要不了多久，自己就能拿下宿舍申请资格，不用跟着谁躲猫猫。

"入户积分和人才保障住房。"嵇慕儿打了个哈欠解释人才培养计划，一边从床边站起来，动作硬朗地脱外套。

"丹丹姐才厉害，学霸加黑科技，冰桶劈叉样样不输人，和她比生无可恋。"甘梦琪摇晃着怀里的公仔说，一脸凉丝丝的敬佩，看不出有嫉妒的小火苗。

"总之吧，丹丹姐是大神，阿琪是小资加吸猫，我是戏精。"嵇慕儿两手够在颈后龇牙咧嘴撕拉链，如是总结。

"哦。"倪小萱似懂非懂。有之前的语境，嵇慕儿说大神戏精的话不是字面意思，倪小萱惦记着优秀技能人才培养计划的事，就是说，她要脱颖而出，一路上杀魔打怪少不了，就这四人骨干宿舍，没见面的陈丹丹和见了面的甘梦琪，两人都是对头，接下来，注定会有一番血腥厮杀。

嵇慕儿穿着小裤衩进了盥洗室，门敞着。很快，花洒尖锐地响起，感觉人和水在里面捉对儿厮杀，分不清谁杀赢了，门是预留给败下阵来那位夺路而逃的。

倪小萱在人水搏斗声中收拾床。前任留下的宝贵经验半点没找到，床缝里倒是捞出几管直销款试用装眼影和乳液。倪小萱不走他人路，把历史遗迹装进一只塑料袋，慎重地拿到外面去处理掉，人有点犯愣，站在垃圾桶前怀念不曾相识的前任，以及前前任们——她们就像花花绿绿的试用款，花力气涂抹在人生的脸上，就算骗过了人们和自己，最终也没能逃掉被洗去的命运。

第二天，倪小萱起了个大早，抖擞精神，准备在入职头一天好好表现，给上司和同事一个积极暗示。可是，没来得及和组里两台智能人对上眼，组长就通知，下午女工放假，组里午餐时间排在第三轮，12点20进餐，放假时间从12点20算，明早正常上班。

上班第一天就遇到假期，倪小萱不觉得高兴，反倒像被人扼住脖子，有些失落。吃完饭回到宿舍，嵇慕儿和甘梦琪已经回来了，正讨论怎么消磨这半天。没有古剑四美带飞，没有葵花宝典装逼，自嗨和互怼都不利于身心健康，商量来商量去，两人决定放任自流，去街上随便逛，逛到晚上凑份子吃顿安静的自恋餐就好。

嵇慕儿问倪小萱，怎么混这半天。倪小萱入职前换了部"魅族"，原先那部"小米"寄给了中年犯困的爸爸。她打算趁这个机会整理一下妈妈的照片，再下些歌，几部片子，在宿舍听歌刷片。

妈妈去世后，爸爸疑心特别重，认定妈妈是为报复他多年前一次男女未遂罪错，硬患上脑癌绝尘而去。他坚决不使用妈妈去世后新买的东西，除了大米和每天一瓶42度"稻花香"。倪小萱在爸爸当校长的镇上中学毕业，县重点高中三年，以理科探花之位考上省城985大学，就业一年后，辞职南下。她知道妈妈的心病，不相信妈妈能硬生出脑癌。

"窝里蹲，刷爱豆。"嵇慕儿嘲笑倪小萱。

"一起逛吧。"甘梦琪认真地给公仔涂指甲油，好心地说。

"好啊，去哪儿。"话到这个份上，倪小萱也想熟悉社区情况，尽快建立起生活节拍，为竞争充电加油，爽快地答应，"丹丹姐呢，她不去？"陈丹丹昨晚没回宿舍，倪小萱隐隐觉得，这位学霸级僵尸姐不光美颜摧人，还有故事，是顶尖杀手，想早点见到。

嵇慕儿和甘梦琪默契地相视一眼，没接倪小萱的话。

三个人化妆换衣出门。甘梦琪背了个和自己风格相杀的通勤包。两位前辈倚玉偎香，挽着胳膊下楼，倪小萱不适应地跟在后面。从后面看去，刨去花哨的布料款式，前面走着一位快意的母亲和一位可人的女儿，这个判断，让倪小萱在保持独立性这一区块链算法上，没来由地拉了一声警笛。

走出宿舍楼，门口车场有几位唱诗班的义工向路人发送传单。倪小萱朝那边扫了一眼。义工中一位慈眉善目的长辫子女孩，像是等着倪小萱那一眼，抿嘴一笑，攀着那一眼非叶非花地走过来，邀请倪小萱参加唱诗班心得分享会。

"我们也是科技园的，大家聚在一起，是主赐的缘分。"长辫子女孩悦耳地说，声音像凤凰花丛中撞来撞去的红头蜂，很好听，"主赐永恒的福，我们得拯救。"

"耶和华啊，我要在外邦中称谢你，歌颂你的名，阿门！"嵇慕儿大声说着抢过来，一把拉过倪小萱，趁对方回复"你们当用十弦琴歌颂他"的时候，拖着懵懂的倪小萱走开，也不管人家在后面是否听见，凶巴巴叮嘱倪小萱，唱诗班鼓瑟歌诗，每天背教义，周末交给主，一辈子给主做辅工，德行上瘾，除非不想在世俗世界里混，否则别沾。

没走几步，又过来一位高个子男青年，遗失人间的表哥似的，暖心地看倪小萱一眼，往她手里塞了一份广告。倪小萱看广告，心理专题讲座，辅导如何解决职场性骚扰，再瞟一眼高个子青年，那张脸可归为洗眼良心，倪小萱就有些醉。嵇慕儿像可恶的老鸨，吊丧着唇角大剌剌瞥男青年一眼，再度狠心把倪小萱拉走，这回不客气，可怜起倪小萱来。

"看出来了，你属于惊呆早死型。"

"怎么啦？"

"不想想，这儿是女儿国，九成五小姐姐，剩几颗寥若晨星休休切切的小奶狗，该防性侵的是他们，小姐姐放半天假，他们得了半天揣气时间，感谢还来不及，顾得上招惹你？"

"那他发传单，还穿条纹西服。"倪小萱没听明白嵇慕儿的逻辑，有点不甘。

"呆子，"甘梦琪一旁破题，"校园社团延伸项目，生态产业，他不色诱你，你会掏八十块钱听他胡诌未遂计划？"

倪小萱琢磨了一下在大学里干过的营生，不禁莞尔一乐。她喜欢低声下气的高颜值男生，但确定不会加入性侵小奶狗的汹汹大军。

园区主干道上，精心换过行头的女工们汇集成洪流，五彩缤纷地涌向大门。大门外，的、滴、摩和共享单车纷纷籍籍，女工们拽包拔鞋，各自上车，次递分流，去了天知道的什么地方。

三个人不在上车女工之列，出了园区大门，沿街徐徐而行。

科技园区建在城中村中心地带，园区十来家员工密集型公司，为酷开 VR、柔宇彩显、怡丰机器人、大疆无人机和纳美石墨烯做订单。园区上游是水稻，疯狂采纳大地精气，下游是水蛭，体量不大，吮吸力惊人，见得到一等富豪，多的是九流穷民，空气中弥漫着一股浓烈的荷尔蒙气息，令万千热爱高科技时代的青年痛恨自己无能。正是喜欢这股汹汹滔滔的劲儿，倪小萱去过几个地方之后，最终选择在这儿落脚。她觉得在这儿，她能体验到一种内心激荡的情感，有与某个重要历史时代联系在一起的奇妙感觉。

街上全是青春洋溢的脸，很少中老年，尤其趿拖鞋的中老年。稽慕儿告诉倪小萱，园区地盘最早属罗姓望族，宋朝由南京应天府迁来，前二百年，罗家人次递迁去美洲、欧洲，村里托管了房产，三十年前盖成厂房，三年一装修，十年一升级，村改街道以后，罗姓外的散姓原住民也拿着开发公司的份子钱，逐渐搬去条件更好的地方，管辖区域成了外乡人托拉斯，十来万长住居民基本是企业员工、家眷和三产人员，找个深户不易，找个说客家话的原住民比登天还难。

嵇慕儿一边介绍，一边将圆滚滚的胳膊伸给倪小萱。

"俺？"倪小萱不解。

"挽上。"嵇慕儿说。

"不习惯。"倪小萱说实话。她是二进制人生实践者，不打算建立丰富的社交关系。

"习惯就来不及了。"嵇慕儿拉长声音说，"望族都离散了，在这儿别指望扎心老铁，朋友刚交上就走，根本来不及抓住对方。"

"可是……"

"懂我的人不必解释。"嵇慕儿严肃地看着倪小萱。

"不懂的人何必解释。"甘梦琪娇滴滴舔一下嘴唇。她嘴唇艳得赛过糯米糍荔枝，用不着涂口红。

像某种神秘的入伙仪式，倪小萱默默抬手，慢吞吞伸进嵇慕儿的胳膊环。隔着薄薄的衣袖，胳膊上旋即洇染开一阵陌生的暖意，说不清和"胭脂泪，留人醉，几时重"的酡色宋朝有没有点关系。

三个人在店铺密密麻麻的商业街上闲逛。明明街客稀疏，几家 K 厅音响却特别亢奋，嗨歌的全是女声，三处，居然都选了古惑仔,《热血燃烧》《知己自己》和《兴波作浪》。嵇慕儿一边一个拖着两个女孩,不像要去某个准确的狼杀地兴波作浪,甘梦琪完全由着嵇慕儿,倪小萱不想由着谁,可个头小,站不下来,倒是嵇慕儿贴心,一路征求倪小萱的意见:三块钱一首的练歌房要不要进?五块钱一场的5D要不要看?十块不限时的轮滑要不要玩?十二块一次的松骨要不要做?智慧社区,你想上天,招下手,眼前就能泊下天际一号。

倪小萱入职前就知道,自己的薪水比内地的前工作高出五六成。她算过账,扣掉社保、公积金和个税,刚需部分伙食八百,服装美容雷打不动五百,其他剁手二百,意外支出二百。她有好几个证要考。她打算今年把 DSP 和 OSTA 拿下,尽快解决技师职称。她还打算考下微软认证,以便为日后加薪晋职扫清道路。这些支出要视项目收费定。她必须攒一笔钱,防止爸爸酒精中毒,剩余部分供自己随时起飞,所以毫不犹豫选择了住员工宿舍、买公交卡、学习资料上网淘、节假日禁足,不考虑旅游。自从校园恋以惨案告终后,她决定无限期清断食。沦陷机会不少,也动过心,到底坚持下来,两年没和男人那个,这部分支出也省了。唯一有过的男友,是她生命中不设防的三人之一,两人在一起时,男友兔子般温存,继而化作不肯放弃的马拉松选手,充满激情地带着她扬着脖颈向前奔跑;她习惯了男友的生命节奏,对力量上了瘾,三年两载戒不掉。她还是对优秀技能人才培养计划感兴趣，想尽快了解一下。如果能挤出钱，她宁愿换台华为 M3 平板，这样又得花掉两千。她决定对自己狠一点，在娱乐时代对自己下达禁足令。

三个人路过手机店、美容店、麻将馆和购物广场，逛到一个露天迪吧，嵇慕儿停下。

"让阿萱看看，下周她会来这儿充电。"嵇慕儿下令。

她们进去了。其实是个简易露天篮球场，几个男青年叽叽歪歪打着球。另一半场地，三五个男青年借一支串烧喊麦尬舞，七八个男青年在一旁尬聊；舞的人眼神迷离，聊的人眼神魔兽。倪小萱发现，打球、跳舞、聊天的都是税务、城管、法院、保安、环保和消防队制服男，凭此判断，没穿制服的极有可能是街道办的人。

倪小萱很快搞清楚，公司不总放假，开动起来是升级版智能人节奏，想挣表现想挣钱得加班，人累得生无可恋，回宿舍蒙头大睡等于弃疗，最好的辟邪剑法就是找地方卸载充电，球场到晚上会变成露天迪厅，一入夜人肉砸人肉，洗脑神曲开得十足，十块入场费，没有衣着暴露的啤酒小姐让人气馁，干跳不买饮料也没人管，狂拽几曲，宣泄掉负能量，香汗淋漓地走人，第二天又能撸起袖子开始表演了。

嵇慕儿说得恐怖如斯，倪小萱有些发愣，没等整理好灌进脑子里的信息，一个长腿长胳膊的男青年驼着背肋下夹着篮球过来了，看上去是爱出风头的家伙，人往三人面前一戳，目光在嵇慕儿身上睃来睃去。

"余生好长，你好难忘。"长腿长胳膊温柔如水地说。

"你也难忘，建丰同志。"嵇慕儿嘴角露出轻蔑，"看你玩球，战力五渣，不如球玩你。"

"嚯，厉害了姐。"长腿长胳膊挠挠光头，"嫁给我吧，余生指教。"

"安静。"嵇慕儿拉下脸，竖起一只手指，暹罗猫双眼射出寒光，"别作死，自撸去。"

"懂了，初不相识，终不相认。"长腿长胳膊长叹一口气，扭过头去，伸出猿臂投出一个贯场球，走开了。

皮球离着篮筐八丈远无力地落地，嘭的一声，砸出伙伴们一阵露骨的嘲笑。

离开露天迪吧，她们进了隔壁一家电玩城。嵇慕儿熟门熟路，掏二十元买下两千发鱼炮，也不观察抽水率，挑了台超声波街机单人作业去了。倪小萱自断娱乐筋，缺少操练，看不懂玩法。甘梦琪在一旁解释，慕儿不是随便进人事部的，她英语专业不怎么样，却是万事通加拿事的主儿，出手天时入手地利，手干闲着也是人和，人事部主管摆不平的事，她能摆平，进公司一个月不到就被调进人力资源部。游戏厅老板是公司原同事，隔壁开麻将馆的也是，慕儿大学勤工俭学时在游戏厅打过工，剽得一手赌技，两家老板都想拉慕儿入伙，慕儿吊着人家，一般"打鱼"玩家最低下注两百，慕儿享受无上待遇，二十元就能玩。就这样的杀伐人，慕儿自恃能力还特别强，有赌技，不嗜赌，每月进麻将馆两次，一圈牌大体能赢千元左右，出麻将馆，进电玩城，在街机上输掉二十块，搏个心理平衡，因为这个，甘梦琪喜欢她。

"高科时代，企业天天下流星雨，大家只惦记明早的天气预报，没人带你飞，喜欢一个人不容易，别想着成为姐妹淘。"甘梦琪戚戚地说。

"那，为什么不和她一起玩？"倪小萱盯着屏幕反光中涂了一脸杀手蓝霜的嵇慕儿。

"她讨厌冷血动物，杀杀杀。我觉得动物都可爱，包括恶心人的老鼠。我偶尔买买马。"甘梦琪说。

倪小萱过了一会儿才明白，街上有两家卖地下马票的充值店，下注一块钱起步，上不封顶。

"我不指望赢钱开店，就自恋一把。"甘梦琪打哈欠，美人抻腰，拉出一道撩人的曲线，"我白羊座，年中火星进工作宫，关键机会，今年不会离职，可身体会透支，我打算把钱花在瑜伽课上。"

甘梦琪提到工作宫，触动了倪小萱。倪小萱辞了湖北的职来这儿，之前的工作风险概率低，是和爸爸闹到决裂才跳上汉深高铁。她明白一件事，父母当年从这里离开，以后说了十五年这里的坏话，要是他们不来这里闯过，连纠结的资本都没有，会过得更糟。她不同，认定这辈子活成什么样，不是她能决定的，可她一定得决定，不然将来会像爸爸一样后悔。

倪小萱想问甘梦琪人才培养计划的事，嵇慕儿已经打光二百发鱼炮，水面浮动着一片大鲅小鲢，没看出杀手有多兴奋，也不捕捞战利品，撒机就往店外走，倪小萱住了口。

三人出了游戏厅，继续沿街走。路过一家粉色墙面的私人诊所，甘梦琪脱口说，丹丹姐不是在这儿吧。嵇慕儿瞪甘梦琪一眼。甘梦琪吐吐舌头。倪小萱看见了，只当她俩的暗语，不追问，心里倒有了一丝提醒。

倪小萱是摩羯座，说到工作宫，土星整年都在本位，运势波澜起伏，会频繁调整工作方向，春夏间还有身边小人暗算，不知是否和人才培养计划有关。早上组长隐晦地表示，权益组织对《劳动法》落实情况监督得狠，公司严格控制加班，想加班必须申请，层层批准，排队上岗。倪小萱无法确定组长这话是不是冲着新入职的人说的，要这样，注定会有一场残酷大战。她暗下决定，不管遇到什么，今年的幸运贴咬死四个字，"愈挫愈勇"。她相信自己会笑到最后，哪怕之前大哭三百场。

沿着四方街来来回回逛了两圈，走到脚指头提意见，三个人在一家名叫"软肋"的甜品店坐下饮奶茶消乏。嵇慕儿点了果肉冻，甘梦琪点了岩盐芝士奶茶，倪小萱点了西米捞。

"软肋"的老板也是科技园前员工，三年前在园区二次元赛季拿了名次，开了直播，很快成为网红，辞职开了这家店，生意火爆，街上四家奶茶店，两家拼不过，关门收摊，剩下一家勉强陪练，打算熬到"软肋"看不下去，上门收编。

老板娘不在店里，倪小萱好奇心没得到满足，打量两个进进出出的服务生。那二位瘦骨嶙峋，头发耷拉在眉下，遮住半张阴阳难辨的削尖脸，哪一点也不像奇犽和不二周助，不知道店靠什么火爆起来。

倪小萱那么想着，见对面一家旅馆门口，一对穿同款异色外套短裙的女孩和店家吵架，大概不想要朝街的房间，坚持换背街单元。前些日子来看园区时，倪小萱就留意到，街上大大小小旅馆不少，一些女工在旅馆里进进出出，忙着订房间。她在内地就听说这边有女工做兼职，昨天入职后加了园区群，果然灌入两个社交群，联系方式交易价格一目了然，可见兼职说法不虚。

"今天有很多人订房。"倪小萱装出一副老练的口气说。

"今天是狂拽日，明天才是亲热日。"春天午后的太阳晒得人懒洋洋的，稽慕儿扭头朝斜照的阳光看了一眼，"明天周末，趁放假抢房，晚了订不上，只能野战。"

"平时见不到面吧，他们？"倪小萱给自己下了封杀令，选择了相当清苦的单身生活，不想说出"恋人"两个字。

"有男票的世界全是泪好吗？"稽慕儿不痛不痒地说，"今天不知道他明天的去向，挣的钱又不分你一分，这样的思密达要他何用？"

"刚搞上，忽然发条私信，说要去风行八千里难定归期，问你惊不惊喜。不惊喜，意外。"甘梦琪从风格相杀的通勤包里掏出一管干洗喷雾，往发梢上喷，倪小萱才恍悟，不搭的通勤包不是白背？里面什么都有，耳机、唇膏、手霜、棉条、线圈本、去渍笔、防污喷剂、防磨脚神贴、虫虫怕怕膏、粒装漱口水，一包的马鞭草味道。

"有思密达？"嵇慕儿问倪小萱。

"有过。"倪小萱挺起胸脯，平静地宣称，"戒了。"

"好样的！"嵇慕儿用赞赏的目光看倪小萱，猫眼闪烁。

"奋斗期，谁知道命运长什么样？别给自己找麻烦。"甘梦琪从包里翻出一只参天牌眼药水，像所有程序员一样熟练地洗眼睛。

"解决食色性叫盒饭，感情免了，释放压力，能做玩伴小拳捶他，捶不动换人。"嵇慕儿更干脆。

倪小萱品呷两人的话，朝街对面那对糖果系女孩看去。那两位气呼呼牵着手走了，大概去找别的旅馆下单。倪小萱确定她俩不是兼职关系，也确定自己不需要别人来教，她知道自己今年的感情运势有脱单可能，但聚少离多，最终会分手。她已经分过了，不选择再分，要分也像妈妈那样，走脑瘤路线。她觉得即使赚钱晋级再苦再累，她也不会选择做兼职。她猜嵇慕儿和甘梦琪与她一样，但她无法确定她们是否会选择快餐。

饮完奶茶，时间还早，她们决定去看场电影。三个人脑袋凑在阳光下挑选了半天，最后选择了《飞鸟历险记》。豆瓣评分不低，关键是动漫，不过，各种活动抽被国产片包圆了，没有商家送票。甘梦琪手快，蜘蛛网转盘到手两张折扣票，另一张要原价。嵇慕儿眨眼间转了账。倪小萱看清楚票价，没含糊，扫了甘梦琪的二维，十二块钱转过去。

片子画风超Q，故事与南方有关，金翅雀山姆是孤儿，渴望有个家，从未出过远门的它，阴错阳差做了候鸟家族的领航员，带着老老少少飞往做梦也没想过的非洲，可是，毫无经验的它却把候鸟一家带到了极地，结果……结果山姆成了大英雄。

九十分钟电影，倪小萱被特别不靠谱的山姆感动得一塌糊涂，好几处地方，她认定做不到而又最终做到了的山姆不是别人，就是她的化身，在黑暗中默默抹去泪水。甘梦琪也感动，哭得稀里哗啦。嵇慕儿在一旁一个劲地递纸巾，说你烦不烦。倪小萱心里有了底，甘梦琪是滴水观音，看似有毒，却适合温暖、潮湿和半阴的生长环境，不在对手之例，如果两人在优秀人才培养计划中相遇，对方会败得很惨。倪小萱为这个隐隐高兴，反而心生同情，伸手替甘梦琪把掉在腿窝里的一团纸巾拿掉。

从电影院出来，已是晚上七点多，天色黑尽，几家舞厅响起劲爆的DJ音乐，激光灯流水般泄了一街道。有如水库泄洪，街上突然涌来下班员工，有的换了工装，有的连工装都没换，直接置换角色进入个人生活，街道一时间变得窄小，挤得水泄不通，几辆车在人群中摁着喇叭哀求，像是没有把握好时间误陷入拖网中的湄公河巨鲇。

嵇慕儿兴奋了，凑在倪小萱耳边大声说，狂欢时段开始了，不尽快突围，只能吃街边涮了，说罢一手拽住甘梦琪，一手拽住倪小萱，肩扛臀蹭，在人群中挤出一道窄缝，熟门熟路钻进一条小巷，三绕两绕，绕到中心广场附近，再从巷子里钻出大街。

倪小萱就是在那个时候再度看到那家粉色墙面的诊所。夜风凉爽，LED 灯照耀，倪小萱看清楚了诊所的名字，怪怪的，叫"安琪儿女子专科诊所"。一紫一白两个女人站在诊所前说话，白衣是中年女人，医生大褂，双手插兜，紫衣是年轻女孩，紫色是工装。

"C 套餐八百八，早做早轻松，做完回去睡一觉，明早照常出工。"医生模样的女人说。

"会不会留下后遗症？"紫衣女孩担心地问，"有没有更保险的套餐？"

"刮个宫，又不是买轻奢，我也有女儿，骗你做贵的良心过不去。"白衣女人不耐烦。

粉色墙上，LED 灯镂出四个巫术咒语般的美术字，头两个是"无痛"，却刺痛了倪小萱。倪小萱扭头看嵇慕儿和甘梦琪。两人的目光等在那里。三个人都知道彼此眼神里藏着什么，却都不开口。

几分钟后，她们来到园区中央辖地的美食广场。

美食广场建在客家民俗博物馆前一片空地上，博物馆就是罗姓望族的老宅子，如今人走楼空，政府做了博物馆。美食广场其实是大排档，除了桂菜、滇菜、疆菜、湘菜和川菜，还有东南亚美食、韩国料理和俄罗斯菜，操持摊档的真是泰卢固人和乌孜别克人，生意做得蛮落地，印度人摊档上的招牌是"阿三开挂"，乌兹别克斯坦人摊档上的招牌是"丝绸之路"。

应了移民地本土菜火爆的俗数，大排档中最受欢迎的是粤式海鲜烧烤，摊档上座无虚席，扎堆儿排开的便携桌上堆满蚝珠、烤肥肠、杂酱蟹、酸菜血蛤、沙茶酱牛肉、石榴汁和百威啤酒，食客基本是下班后出来放松的科技园区员工，有艺人二十块钱两首挨桌献歌，两个脱口秀演员表演自创段子，桥段生活化，特别受欢迎，几乎每桌都会点个十块二十块佐餐。印度人和乌兹别克人是真落地，笑吟吟挤在人群中推销煎豆子油炸面圈和闷罐羊肉抓饭，科技园区的人大多会一口流利或不流利的英语，印度人和乌兹别克人在这儿没有语言违和，蹦单词也能把生意做了。

博物馆围屋碉楼下，孤零零坐着个扎丸子头的清疏女孩，一只黑色土狗在她身边走来走去，间或停下来，不耐烦地扭头看她一眼，像她不着调的男友。女孩瘦骨嶙峋，两腿边布着大大小小十来个金属工业料桶，谁也不理会，埋头兀自敲打，湖南口音的 rap，透露出漫不经心的疏离和冷漠：

大幕拉开，角色登台；

你去我来，人设费猜；

凌乱对白，剧情走开；

高潮不再，结局难改；

曲终人散，如何释怀？

这舞台熙熙攘攘上上下下好好坏坏，

哭过笑过才知道岁月是一根不断熄灭的火柴，

纵然是老戏骨也赢不过命运剪裁，

纠缠到底只留下一张发黄的票根，

大幕合上时，记得是几座几排？

嵇慕儿找老板要了张堆放塑料菜篮的案台，在大排档中挤出一块地方，把倪小萱和甘梦琪安顿了，自己离开，去了碉楼下丸子头女孩那边。

倪小萱和甘梦琪骈肩迭背挤在人群中坐下，倪小萱坐定后，拿眼睛看甘梦琪。甘梦琪明白倪小萱看什么，从包里摸出折叠式桌面挂包钩，桌边安装好，通勤包挂上去，再卸下人工水钻耳夹，丢进通勤包，接着说了陈丹丹的事。

高新科技，起事的想做黑马，投资的想抓独角兽，风驰电掣的读秒节奏，你死我活的岗位竞争，骨干员工恋人难做。就算两人在一家公司，朝八晚七，计件锁人，三餐不在一个点，住宿舍的，一座大楼两三天见不上面正常，公司把 IP 看得比人命重，安保盯得紧，晚上十点钟以后宿舍不让外人进，宿舍里其他人也不让，谁都有私生活，最烦他人故事良心不疼这种事，周末之前两人要见，只能在微信上见，感受体温这种事，心机婊都没用；租房的，一旦遇上攻坚，十天半个月见不上面也是常事。有人憋不住，厂区里犄角旮旯多，看准个地方，心急火燎把人约来，食不甘味地嘿咻一次，难免措施失当，科技园十万女工，不小心怀上的多的是，不是什么稀罕事。

丹丹姐不同。她不野合，是故意怀上的。

丹丹姐家乡是著名的长寿乡，那儿日月从容，还停留在白垩纪时代，人们脸上笑吟吟的，过着林籁泉韵的慢生活，就差家家养雷克斯霸王龙和翅蜂鸟了。读书时，丹丹姐想赶紧毕业回到家乡，数星星采云朵，守着爷爷奶奶曾祖父曾祖母和一百多位九族五服亲人过一辈子，由着她喜欢。可是，大学六年结束，丹丹姐突然改变了决定，不想回家乡了。

"也许我的命运不在家乡，我得去找找，不然不甘心。"丹丹姐茫然地对她首位男友说。

就这样，丹丹姐调整了她的生命轨道。

丹丹姐不光美貌，还优秀，在任何公司都是技术骨干。十年中，丹丹姐谈了二十一段恋爱，可是，没有人选择美丽而放弃奋斗，恋人们做不到给她承诺，每段感情都是萍水相逢，无疾而终，而她却因为不断失恋，不得不换企业，离开伤心之地。每次辞职，公司都极力挽留丹丹姐，她都要大哭一场。每换一次工作，都要从普工和基础薪做起，十年中丹丹姐加了十七次薪，晋了十五次级，人生却流水落花，一直青涩着。

第二十次恋爱，丹丹姐遇到了命中注定的男子。他和她同名，如果他俩笑吟吟隔街站立，同时大声叫出对方的名字，路人会开心地笑出来。他叫陈驮驮，交大本科，科大硕士，在一家著名通信企业任项目经理，业绩好到让人恨。陈驮驮为企业发狠工作了十二年，没有时间恋爱，遇到丹丹姐时，已经三十六岁了。他笃定地告诉丹丹姐，他一天也等不及，他要娶她，请她答应。怎么能不答应？丹丹姐当场就哭了。

陈驮驮说到做到，坚持要求从国外项目组调回国内，开始筹备婚礼。他入职三年后就做中层，五年后享有公司股权，房价再高，首期不愁，钻戒也精心挑选了。也就是这个时候，公司在中东的业务遇到麻烦，开始大量裁员，准新郎陪着谈判专家一个个找自己项目部的人，苦口婆心地解释公司裁员的理由，再动用自己的关系，把下属一个个介绍到别的企业去。谈判专家好奇，问陈驮驮，如果辞退的员工是他，他会不会也这样为自己背书，把自己推荐到别的企业去？陈驮驮笑着回答，公司不会停止扩张的脚步，不停止，就不会接受死海效应，我不是小白兔，公司不会辞退我。谈判专家看了一眼手中的表格，叹息一声说，你是名单中最后一位，你的股权，公司会以基础价赎回。

当天晚上，丹丹姐姐收到陈骏骏在私信里留下的十几个字，"对不起，没有福分娶你，房子你留着。"丹丹姐发疯似的给陈骏骏打电话，发疯地冲到警局。几个小时后，警察给丹丹姐看了一段监控视频，丹丹姐当场晕倒在地上。

"那是什么？"倪小萱心口发紧地问。

"夜色阑栅的海滨游乐场，丹丹姐命中注定的男子困惑地站在退潮的大海边，突然向苍茫的天空举起双手。"

"举起，双手？"

"嗯，就是那种投降的姿势。他就那么举着两只手，跟着落潮走进海里。"甘梦琪转动着一双大眼睛干巴巴地说，"丹丹姐后来一直说，她不会要求陈骏骏回来，她只想问问他，他那双手做过多少金光闪烁的项目，他连爱抚她都那么骄傲，不肯用力，怎么舍得把它们举起来？他这么举着双手走向大海，不觉得对不起他自己吗？"

事情过了两年，三个月前，丹丹姐从绝望中挣扎出来，开始了第二十一次恋爱。这次丹丹姐下了决定，两人确定关系后，她立即怀上了对方的孩子，到处找诊所保胎；她换工作换怕了，不想再做企业流浪女了，她已经三十五岁，青春再美好也过去了，它真操蛋，对吧？她不能让未果的感情像她的家乡一样，像八千万年的白垩纪一样，长得没有尽头，长成了老操蛋。

"就算这样，也没有必要怀上陈驮驮的孩子啊！"倪小萱皮肤上一阵阵起紧，她突然觉得心里非常疼，非常疼。

"丹丹姐说不清到底是不想回家乡，还是特别想回去，又不甘心。有天夜里，我听见她给慕儿小声说，她在这座金光闪闪的城市里付出了太多，通体都是金色烙印，已经没法回到绿色家乡了，不管遇到什么，她都要在这儿生活下去，她得把自己赌出来。"甘梦琪用酒精棉片挨个儿清洁一次性餐具，像要把她说出来的话洗掉，"女子本弱，为母则强，这条法则，比金光闪闪的学霸管用"。

倪小萱没想到是这个结果，一时无言。她扭头朝碉楼那边看，嵇慕儿坐在丸子头女孩身边，两人激烈地说着什么，要动手的架势。黑狗夹在两人中间，试图保护女友，被嵇慕儿一脚踢开，闷闷地蹲在一旁不开心。丸子头女孩不理会嵇慕儿，继续击鼓。嵇慕儿生气地夺过女孩手中的鼓棒，扬手丢进围屋的围墙后，起身向这边走来。

"你会喜欢上这儿，你的心会被它泡软。"甘梦琪把棉片收纳盒丢回完全看不透的通勤包，冷雨冰风地看倪小萱一眼，"给你个忠告，在它把你变得铁石心肠之前，离开它。"

倪小萱吃惊地看娇气十足的甘梦琪，沉默了。

妈妈在生命的最后时刻，和倪小萱提到这里。妈妈害怕女儿走自己的路，说过同样的话。

"离它远点儿。孩子，别去那儿。你会爱上金色。"妈妈在速写板上歪歪扭扭写下一行字。可是，妈妈为什么不告诉她，她的魂魄留在哪儿了？她真正的爱情留在哪儿了？和爸爸整理行李返回湖北时，她没有带走它，没能带走。

倪小萱改变了之前的判断，在电影院哭了九十分钟的女孩并不脆弱，她是另一个山姆，未必会被自己打败。这片山海间有无数的山姆，他们之前是从未出过远门的金色孤儿，但他们正在成为自己的领航员，除了胆小的弃飞者，没有什么能打败他们。

"吃什么呀，你们，我饿了。"嵇慕儿气鼓鼓挤进人群，朝其他桌上的残羹剩汤看了一眼，不知道她在丸子头女孩那儿遭遇了什么，能拿主意的她，头一回显出踌躇。

"女人节日，总不能吃男人。"甘梦琪哧哧笑，说完缩回脖颈。

"干吗男人？"倪小萱不服气地问，下意识从肮脏的塑胶凳上站起来。

倪小萱承认，她刚刚听到一个男默女泪的悲情故事，正是这个故事狠狠戳了她一下，很难说被戳中的地方是不是她的软肋。但是，在2018年3月8日这一天，摩羯座的她像所有闯进这座城市的人一样，浑身披拂着金色光芒，不会让别人的故事赚走眼泪，也决不相信不如吃鸡的叨叨念，今晚，她要把金色光芒从念想的贮藏室里取出来，当作第一次航程中吹拂起的羽毛，慎重地插在自己的胸脯上。

"老板，来份女神，金色的！"倪小萱穿云裂石地朝摊档主喊道，声音盖过周边的嘈杂。

嵇慕儿和甘梦琪吃惊地扭头看倪小萱。

身边的食客也抛开满桌美食扭头往这边看，连讲段子的民间艺术家都停下来，想知道发生了什么。

现在，摩羯座女孩倪小萱成了众目睽睽下的目标。不过，即使人们看着她，看着这个高科技园区中无数的——看上去比美食广场上堆积如山的蚝珠、毛蟹、血蛤、肥肠多得多的女工中的一个，却无法像对待满桌介壳类食物那样，吃掉她的瓢，再把壳吐在地上；何况，这个小个子女工内心栅栏后关着一头咻咻喘息着的金色小野兽，她那样纠结着，人们看不见，自然也看不见六天之后，另一个永远也没有停止生长的金色摩羯座孩子，他像一颗訇然陨落的流星，穿过阴云密布的卢伽雷氏症天际，坠入温暖的黑洞之中。

2018 年 3 月 14 日

于深圳听云轩

你可以做无数道小菜，
也可以只做一道大菜

简小恬在厨房里做饭。佟子诚躺在里屋的床上看网剧《上瘾》。佟子诚有一双好看的手，手指修长，指甲红润，这样的手拿着金色的 iPhone6s，绝对是一幅让人心动的画面。

　　饭菜是按照佟子诚的口味做的。

　　佟子诚是贵州人，喜欢干锅和腊味，尤其喜酸，两个人在一起之前，他好脾气地向简小恬宣传自己的饮食原则，三天不食酸，走路打蹿蹿，命可以丢，杀毒灭菌去油脂的那碗酸汤，绝对不能少。

　　酸汤不好做，深圳没有毛辣果，木姜籽也不好找。简小恬想办法，去超市买回酒酿，抹着眼泪剁了几斤海辣，腌制出一坛毛辣酸，每次做汤时放一勺，竟然瞒过了佟子诚。

　　佟子诚看到顾海给白洛因送内裤那场戏，躺在床上摇晃着肩膀咯咯地笑，手机差点掉在枕头上。简小恬被佟子诚的孩子气逗乐，无声地咧嘴笑一下，在热油中下了两勺黄辣酱，和酸菜一起翻炒。佟子诚是第二遍看《上瘾》了。简小恬陪他看过两集。这部剧不像把花花公子包装成女人卖腐的《太子妃》，直接上男男，两个男主身材超好，抓住机会就往一块凑，各种摸各种亲，看得简小恬面红耳赤。简小恬不腐，对秀起爱来毫不留情的男男没有兴趣，但她知道，佟子诚也不是弯弯，让他看这种简单粗暴的神剧，比让他看美眉公会的视频好几百倍。

　　简小恬忙了一早上。佟子诚给师傅兼兄弟朱维汉饯行，要在家里喝饯行酒。简小恬计划做八个菜，一个汤，加上早上在食堂买的山寨周黑鸭，九个人，够丰盛。

　　朱维汉买了明天早晨的动车票，他终于下决心，带万继红回贵州老家结婚了。他打算在家乡买一块地，和万继红两个人做生态蔬菜基地，以后到深圳来找老乡，他就是绿色地主了。

　　佟子诚和朱维汉、廖喜来、孔菊花、胡千琴、徐友儿他们几个是贵州铜仁老乡，佟子诚是松桃苗族自治县人，朱维汉是铜仁市碧江区人，廖喜来和徐友儿是江口人，孔菊花和胡千琴是玉屏人。简小恬不喜欢比佟子诚大几岁的朱维汉，他和胡千琴谈了六年，和孔菊花谈了五年，后来认识了湖南妹子万继红，同居者由胡千琴换成了万继红，三年后，朱维汉又选择了万继红做老婆，其他两个成为前任。但是此刻，简小恬无端地有了一份欣喜。只要有人结婚，简小恬就会高兴，好像终于结婚的那个女人不是别人，是她自己。

辣酱和酸菜熬出了香味，简小恬把剁成块的鱼骨滑入油锅。她发现料酒用光了，叫佟子诚。佟子诚正看到顾海在白洛因水杯里下安眠药那一段，他像被人胳肢了腋窝，咯咯地狂笑，举着手机在床上扭动身子，说不要，我还是孩子啊，放过我，放过我嘛！简小恬央求说，帮我去楼下买瓶料酒，回来再看。佟子诚呵呵笑，说他们开始做他们爱做的事情了，实力虐狗啊，不给你剧透，快给我拿一块狗粮来，我要抵挡一下，一边说，一边从裤兜里掏出钱包看了看，再看一下，笑声收掉。

简小恬敏感地探出脑袋朝房间里看了一眼，在锅里加足热水，盖上锅盖，走出厨房，进了卧室。她问佟子诚，喝不喝水。佟子诚没精打采地嗯了一声。简小恬从冰箱里给佟子诚拿了一瓶碳酸饮料，顺手取过他丢在床上的钱包，翻开看了看，里面只剩下一张一百元的钞票，余下的就是零钱了。她犹豫片刻，从衣架上取下自己的高仿包，拿出钱夹，数了三张百元钞票，塞进佟子诚的钱夹。佟子诚目光盯着手机，简小恬没有提示他，但她希望他看到她这个动作。

简小恬回到厨房继续做饭。鱼骨已经熬出香味，可以下鱼片了。她打电话要巷子口的小卖店送料酒和保宁醋，然后准备蘸头。

佟子诚家里条件不好，一家五口人，六亩山地种洋芋包谷，很少吃大米。佟子诚口不馋，不怎么挑鸡左鱼右，只是一定要有折耳根，或者薄荷叶腌渍的蘸水下饭，不然他会皱眉头，搁下碗筷，好脾气地向简小恬表示，他要出门去转一转，其实他是去吃"贝克汉堡"。作为一个怀念家乡的四川人，简小恬用来纪念往昔生活的唯一本事就是做饭，她不会让佟子诚吃夹满番茄酱的发面团，主要是，鲁飞飞也好这愚蠢的一口。佟子诚去吃番茄酱发面团，一定会叫上鲁飞飞，这样，他俩就会站在油渍渍的汉堡机边，一人喂对方一口，说一些肉麻的话，说不定，鲁飞飞还会伸出小拇指，把佟子诚嘴边的番茄酱刮下来，抹进自己嘴里，那可够恶心的。

差不多一年了，为了让佟子诚少见鲁飞飞几次，简小恬没少用心思。每天下班以后，她都会把佟子诚的时间安排得满满的，无论去网吧、迪吧、KTV玩，还是离开观澜去大梅沙看海，她都会和佟子诚厮守在一起，不留下任何空隙。她还泡了小米和红枣，买了板油炼熟油，准备做小米喳。等小米喳做好了，佟子诚会大吃一惊，他就不会经常出门去找鲁飞飞，两个人站在大街上不要脸地吃野食了。

简小恬是三年前认识佟子诚的。

简小恬原来在龙华的一个电子元件厂上班，再原来，她在风景秀丽的四川乡村上学。高中毕业那年，妈妈对她说，三姑娘，家里的情况你晓得，麻布上绣花——底子差，备不出你的嫁妆，你还是丁丁猫追尾巴——自己吃自己，出去找口饭吃吧。妈妈说出去找口饭吃，意思就是找个婆家。简小恬才十七岁，不想离开家，但不得不离开，她出来的第一个地方就是深圳。深圳有很多和简小恬一样的乡村青年，简小恬一度好奇，每结识一个同龄人，都要问对方来自哪里，问到第七十二个时，她放弃了，她觉得这样问下去会无休无止，很可能，全中国的乡村青年都出来"找口饭吃"了。有了这件事，简小恬就在心里原谅妈妈了。

经济危机以后，深圳关闭掉大量制造业工厂，快速向高新科技转型，把世界制造业中心的角色推给邻近的东莞。简小恬的厂也被关闭了。简小恬刚刚适应了新的"家庭"生活，她已经把深圳当成自己的家了，她不想离开深圳，害怕再一次离开，再一次被抛弃。她在龙岗、光明和坪山一带跑了几个月，碰了无数次壁，流了无数次泪，终于在观澜一家科技园的大型制衣厂里找到一份工作。科技园和东莞只隔一条河，但毕竟是深圳，等于她没有离开。

简小恬就这么认识了佟子诚。

佟子诚长着一副苗王像。他是制衣厂的修理助工，英俊高挑，窄窄的脸上泛着健康的红晕，看人带着一丝善良的微笑，一副大众弟弟的亲近样。简小恬喜欢在流水线上看到佟子诚。他穿一件稍显肥大的宝蓝色防静电工装，戴着口罩，双手抄在裤兜里，百无聊赖地跟在师傅朱维汉身后，眼神里带着某种落不了地的思考，好像几千米的宽敞车间，那一排排唰唰运转着的平车、双针车、拷边车、打枣车、钮门车、断布机、烫画机、烫床和砍车，它们是他人生最大的困惑。

简小恬是厂里最好的女工。差不多是。至少在裁床线上，她是最出色的。简小恬操纵六台进口伊斯曼 625 电剪中的一台，月薪五千，比流水车位高出一千多。她的理想是做梭织，再不然就做技术含量高的成件，这样，她就能拿到七千多，就可以把工厂当成自己新的家乡了。

佟子诚常常在简小恬面前站下，习惯性地皱着眉头，看清秀的她手脚麻利地剪裁、快速磨刀、链接新面料，好像她在给他出题，让他做，他不大看得懂，需要思考一下。简小恬并不喜欢和佟子诚说话，怕一开口就会呛他两句。每当他在她面前停下脚步，她就有点生气。在她看来，他白有一双修长好看的手，其实技术一般般，对付不了日本进口的 777 大烫和 64 号电炉。多数时候，他只能抄着手，站在朱维汉身边，傻瓜一样看着师傅满脸油腻躁烦不安地修理机器，然后冲他吼骂两声，他再面无表情地抄着手走开，去仓库取备料。到月底厂里领薪水，简小恬有时候能看到佟子诚，他一副任人宰割的样子，排在队伍当中，被人挤来挤去，等着领他的三千元薪水。简小恬生气地想，他凭什么要被师傅吼？要是师傅吼他的时候，他过去把师傅推开，自己把床子修好，再吼师傅一句，也不至于只拿三千块了。

简小恬喜欢做饭，她觉得，一个女孩喜欢做饭，意味着她在失去一个家后，还向往着另一个家，并且有信心操持它。简小恬喜欢把她正在关注的人，看成一道道菜。在她看来，佟子诚和他那些贵州老乡，就像他们的家乡菜：朱维汉像花江狗肉，廖喜来像毕节傻子烧鸡，胡千琴像从江香猪，孔菊花像魔芋锅粑炒肉丝，徐友儿像安顺荞麦凉粉，唯有佟子诚，他和他的老乡们不同，他温暖清晰，是一碗解乏开胃的酸汤鱼。

制造业巨头撤离沿海地区向内地和东莞发展以后，深圳留下的制造业，大多是对物流条件要求苛刻的企业，科技园其实没有什么科技含量，被发租给一些制衣、制鞋、橡胶、电子元件厂做厂房，这种厂里男工的工种不多，厂妹打堆，上班举步轻摇，下班顾盼流转，一派夭桃秾李。因为女工多，僧多粥少，男工就成了抢手货，很多男工，同时有好几个女朋友。像佟子诚这种标致模样的，少于三个女朋友都不好意思在厂里混。简小恬不知道佟子诚有没有女朋友，有几个，这和她没有关系。她只是不喜欢全厂几千个厂妹围着佟子诚转，发嗲地叫他子诚哥哥，她觉得那样叫一点也显不出亲切，恶心死了。

最早是老牌修理工朱维汉，他来找简小恬。他鼻头上沾着一团油腻，依在电剪机旁，觍着脸说，简小恬，你蛮漂亮，最适合给人当老婆，我呢，最适合给人当老公，你跟我算了。简小恬一口拒绝，让他滚远点，莫占她相因。朱维汉是花包谷，梳个爆炸头，到处开花开朵，简小恬宁愿给一台大脑袋电剪当老婆，也不会跟一只油汪汪的花江狗当老婆。后来，朱维汉从厂里偷烫斗出去卖，被保安捉住，厂里把他开除了。临走前，他又来找简小恬，坦言事先没把情况弄清楚，他听人说，简小恬饭做得不错，要是这样，他不适合她，他徒弟佟子诚适合，佟子诚不会做饭，女朋友宋采文刚刚回老家结婚去了，不如简小恬填个空，和佟子诚过，川贵一家，这样他们兄弟党就能吃到酸辣菜了。

简小恬离开家乡两年了。她离开家时没有什么见识，连海豚模样的动车都没有见过，当然，她也没有见过真正的海豚。两年时间，她换了五个厂，揾工者人头如攒，她在莺声故山的粤、桂、滇、湘、鄂、皖乡音中举目无亲，在轰隆隆的流水线制式工作中形单影只，感到十分孤单。有时候，她会在夜里突然从梦中惊醒，听见宿舍里十一个陌生姐妹粗糙的呼吸声，弄不清自己身在何处，有一种永远也找不到家的恐惧。她没有朋友，没有人和她分享人在异乡忆故乡的感受，感到深深的孤独，开始少言寡语。她知道，人与人不同，在深圳与在深圳不同，有些生活，就像城市的某些街道，她永远也不会走进去。也许，这就是她越加渴望能和谁在一起，能有一个家的原因。扮演某个人的亲密者角色，至少能在孤独的生活中找到一点乐趣，让她不那么害怕。

简小恬很快和佟子诚同居了。

没有想象中的惊喜和失落。有一点点不适应，但终归是有了一个摸得着的家。简小恬喜欢佟子诚，她觉得他瓜西西的傻样让人有点同情，这是她喜欢的。她开始学着爱他。有一阵，她恍惚觉得看见了远处某个地方，有一个陌生的家，她已经走在回家的路上了。接下来的那些夜晚，佟子诚搂着她一条胳膊，孩子气地蜷在她怀里，窗外透进一线路灯，她充满柔情，一眨不眨地看着他的脸，只是在他睡着以后，她才开始胡思乱想。她想到小时候，家里有一条小土狗，奶奶说它是家人，她喜欢抱着它睡觉，喜欢它摇晃着尾巴，跟着她翻过山岭去完小上学。她会不停地站下来，回头看它有没有跟丢。她害怕往前走的时候，一场雨落下，一阵风吹来，她身后的那些脚印会看不见，如果小土狗走丢了，她再也找不到回家的路。后来，小土狗被电力集团架线的人打死吃掉，那时它还不到三岁。她只是在佟子诚睡熟以后才想这些事情，只是在他睡熟以后，才感到锐器慢慢刺入骨髓的钻心疼痛。

佟子诚有过几任女友。他心地善良，招人喜欢，很难拒绝谁。他是那种性格有点轴的人，每次只和一个女孩保持关系。好几次，朱维汉笑话徒弟，说他不中用，换了他，十个八个老婆都有了。

朱维汉偷东西被厂里开除，留下污点记录，再去其他厂找工，那些厂都不录用他，他无所谓，也不去别处找工作，就待在观澜，守着几个贵州老乡混日子。有时候他会出门，帮助老乡和女朋友们出出头，摆平一些事情，日子过得也不错。

朱维汉挖苦佟子诚的时候，佟子诚只是笑一笑，不往心里去，只是晚上在被窝里搂住简小恬胳膊时，便把朱维汉的话说给她听。简小恬心里翻来覆去，恨不能当时就钻出被窝，去找朱维汉。她不想和花包谷说任何话，只想用电剪把他剪了。

"你个是小娃娃吗？故意气自己。"佟子诚好脾气地劝简小恬，"算了不说朱维汉，他喜欢整蛊，万继红、孔菊花、胡千琴，三个人够他整，你是八十一个赞的人妻，本人最爱，不说了，一说我又忍不住，我们爱爱吧。"

这么过了两年，鲁飞飞出现了。

简小恬把酸汤鱼盛进锅里，等人来齐，再把鱼片煮进去，就可以上桌了。她把糟辣扣肉蒸进另一只锅，坐在火上，把一次性纸杯和碗筷摆上桌。这个时候，廖喜来带着他女朋友夏岚和徐友儿来了。三个人打打闹闹上楼，一进门就拉开冰箱找饮料。廖喜来抓着一瓶饮料跳上床，问佟子诚看到哪里了。四月份，天还没有热，瘦成精条的徐友儿已经迫不及待地换上了吊带裙。她尖着嗓门大声喊，简小恬，冰箱里搞唧子没有辣条，我馋得不行了。夏岚笑嘻嘻在徐友儿刻薄无肉的屁股上拍一下，说你怕怀上了吧。

徐友儿还她嘴，你才怀上了，你怀三胞胎，宫外孕。两个人嘻嘻哈哈打闹着，简小恬从厨房出来，在冰箱里翻出辣条，再回厨房做辣子牛蛙。她把斩成块的牛蛙下进油锅里爆炒好，起锅装高压锅，放入清汤，上火焖，然后准备糍粑辣酱和大蒜。

鲁飞飞也是佟子诚的女朋友，排行老二，佟子诚把简小恬和她都叫老婆。

情绪稳定的时候，简小恬回忆她知道的老婆——在爷爷的咒骂中惶恐不安的奶奶，在爸爸的拳头下宁死不屈的妈妈，趾高气扬的副镇长夫人大姨，还有嫁了个镇上的小公务员，因此整天给人读《人民日报》社论的表姐。她们都是老婆，是一个家庭的主妇。简小恬原来以为，她也和家有关。她以为，家就是爷爷奶奶爸爸妈妈大姐二姐和小弟，四间干打垒房屋，长满艾蒿的祖坟山，这个观念，后来被奶奶改变了。简小恬记事以后发现，每年清明祭祖，爸爸会带上小弟和妈妈，他们朝祖坟山爬去，爷爷奶奶跟在后面，但是爸爸从不带上两个姐姐和她。有一年清明节，她问奶奶，为什么不带她去祖坟山。奶奶告诉她，那不是你去的地方，女娃儿，要埋在自己男人家的祖坟山上，那里才是你的家。

简小恬快满二十三岁了，她已经在人生的长河里努力游过了三分之一时间，如果不出意外，她注定要嫁人，做别人的老婆。简小恬不是徐友儿那种十六七岁的女孩子，觉得无聊,才找个人来混点,随随便便和廖喜来在一起,而且事先申明不一定就会嫁给廖喜来。简小恬不会让佟子诚变成一只有着金属光泽翅膀的凤蝶儿,在吸食完她的花蜜后,在黎明到来之前从她身边消失掉,飞去别的果林栖身;她一定要佟子诚在她露水未干的叶片上驻下触爪,产卵做茧,化蛹为蝶,这样,她才能找到属于她的那口饭,最终埋进佟子诚家的祖坟山。

两人同居后,在科技园附近租了一间民房,房租比工厂宿舍贵五倍,是简小恬出的。第一次过家庭生活,简小恬想把家收拾得漂亮一点,自己做主从网上淘来几件二手家具,两个人的生活费用,也基本由她支付,这些花销,用去她大半薪酬。

不是简小恬一个人这样,厂里半数厂妹在外租房,一些人结婚,一些人和男友同居,不少人供养着男友。如今的现实是,男人不一定非要工作,但厂妹不能不找男友。在加工业扎堆的地方,养男友并不是一个贬义词。

佟子诚那双修长的手白好看,根本不适合修理机器,他体质弱,对机油过敏,又不愿意加班,工资低,月薪只有三千元。但是,佟子诚不喜欢被人养活,他向简小恬提出,每个月给家里寄一千,交给简小恬一千,剩下一千自己用。

"我不占你相因。"他皱着眉头,看着清秀的她说。

简小恬收下了佟子诚的钱。她是他的女人,当然应该收下，但她为此将付出更多。佟子诚爱俏，他过于标致，脸形瘦，削肩，打扮不好容易走型。简小恬跑遍观澜周边发廊，找到一家满意的，为佟子诚设计了发式清新的碎发，还和发型师吵架，坚持为佟子诚斜分刘海，再漂染了一绺橘红，配上潮型黑框镜，那个样子的佟子诚，真是帅极了。三个月以后，简小恬又坚持为佟子诚换了蓬松短发，这回刘海向上，头发两侧剪得干净清爽，看上去阳光硬朗，非常酷。

"你老婆狠，下回你自己来，莫叫她来抢我饭碗。"为这件事，发型师不高兴地向佟子诚抱怨。

简小恬不抢人家的饭碗，只把心思用在佟子诚身上。她为佟子诚添置衣裳，搭配个性的时尚板鞋，给他换全网通，再换移动4G，这样，他就能随时随地看他喜欢的网剧了。

简小恬知道自己不是厂妹中最漂亮的，在可见范围内，想把佟子诚一口吞掉的厂妹成群结队，被孤独吓坏了的丛林母兽们绿眼烁烁，佟子诚朝不保夕，她身处危险，再把钱花在他身上，她就没有资本收拾自己，把自己打扮成所向披靡的女妖，紧紧吸引住佟子诚的目光了。但简小佟赌佟子诚实诚可靠，赌他知恩必报，赌老天有公道，佟子诚最终能够穿透她密不透风的用心，体会到她的好处，她带给他的温婉和快乐，看到她的害怕，最终不离不弃，两个人端牢一只饭碗。

面对贵州人佟子诚，简小恬不要求做酸汤中那条赤尾金翅鱼，她要做红到让人疼的西红柿、绿如暗恋气质的青蒜、嫩成爽口爽牙的黄豆芽，为酸汤中苗王架势的佟子诚坐实打底。

　　直到鲁飞飞出现。

　　佟子诚喜欢新来的厂妹鲁飞飞。很少有男人不喜欢鲁飞飞那种秀眉轻蹙，微骚暗嗲的 Q 娘。佟子诚被鲁飞飞迷住了，坚持了二十五年的矜持荡然无存。他觉得，鲁飞飞就像年轻时候的舒淇，对自己是一个尤物这件事情无动于衷，这一点，满足了他对网剧明星的所有想象。当山寨版舒淇迎向抄着手从流水线边走过的佟子诚，并且大胆地撞进他怀里的时候，佟子诚有点惊慌，他坦诚告诉她，他有女朋友，他女朋友叫简小恬，她转过头去就能看见，就是对面裁剪线上开 625 电剪那一位。鲁飞飞偏不转头，表示自己知道，而且不介意，她还和简小恬说过话，夸过她皮肤好。鲁飞飞提出，他们可以谈恋爱，同居那一种，简小恬，她，佟子诚，他们三个人住在一起，她付三分之一房租和生活费，每个月再给佟子诚买一条"金樽好日子"，请他看两场电影，吃两次饭，其中一次进饭馆，一次上大排档。

　　善良的佟子诚不忍心拒绝鲁飞飞，回来征求简小恬的意见，为此他举了朱维汉的例子。朱维汉有三个女友，他和江西妹子万继红同居，和贵州老乡胡千琴谈恋爱，另一个老乡孔菊花做情人，三个女人分摊着养活他。胡千琴和孔菊花平时不上门，偶尔孔菊花闹着过节，硬要和万继红在一张床上凑在朱维汉脑袋旁看 A 片，也没有什么。

对佟子诚为鲁飞飞来征求她意见这件事情，简小恬无比生气，对他竟然用朱维汉来做例子，更是觉得无耻，但她不说什么。她说不清楚，坟头上那些随风轻摇的艾草，它们和它们有什么区别，她日后埋在这里或埋在那里，究竟有什么区别。那天，她拿定主意不开口，自始至终没有说一句话，只是盯着自己的手指头看。那里有一道小伤口，是前一天做饭的时候被一条乌江鱼刺伤的。实际上，伤口并不怎么疼，她只是不能集中注意力，她心里一直在想着多年前她的一个家人，那条陪伴了她三年的小土狗。

"我喜欢安静，"最终，还是佟子诚放弃了，对鲁飞飞说，"最烦你也和我说话，她也和我说话，我连网剧都看不成。"其实，他并没有说出事情的全部，他是不想让简小恬伤心，那样的话，他也会伤心，那样的话，他就处理不好别的事情了。

鲁飞飞只能和佟子诚谈恋爱，不能同居。两个人把约会时间定在周末。简小恬本来不打算让两个人在家里过周末，可是，佟子诚不能总是让鲁飞飞请他看电影，吃馆子，两个人还要开房，开房的钱鲁飞飞不会出，这样，不到半个月佟子诚的钱就会用光，还得简小恬往他钱包里放钱。

简小恬纠结了一段时间，最终让步，规定佟子诚可以在周末把鲁飞飞带回家，她出去找小姐妹混一天，或者去参加科技园唱诗班的活动，她会在那里待很久，她会在心里想着一片模糊不清的艾草，默默地念一遍祷告词：

你的声音就像一座房子，他在门外等候，不会硬闯进来，因为这不是爱的表现。他要你亲自邀请他。门的把手在屋内，只有你才能把门打开，你决定你是不是信徒。

"别的时候她不能进我家。"简小恬板着脸对佟子诚说，"还有，不准她动我的化妆品，我不喜欢和别人共用一样东西。"

简小恬把蒸好的糟辣扣肉锅从火上端下来，垫上垫子，放在水池边的角落里。她看时间，快到十二点了。她开始炸油辣椒和花椒，这样等人来齐，再炒个风肉蒜薹，一个阴椒河虾，一个手撕包菜，菜就齐了。

徐友儿和夏岚打闹了一阵，跳到床上，和佟子诚、廖喜来一起看网剧。他们看到彩蛋部分，就是顾海的现役女友金璐璐出场的情节。

"你们看她像不像孔菊花，五官不清，不怪得顾海劈腿了。"廖喜来嘻嘻笑。

"你说孔菊花，我真是屎胀。"徐友儿嗤之以鼻，"真嘞是人上一百，形形色色，三十米外看不出性别，说飞机场都牵强，准确嘞说前胸巴后背，特级贫困县，偏偏喜欢装特别，也不知道老朱怎么会看上她。"

"不是装特别，是装乖噜噜，以为能勾到陈冠希，是不是很厉害？"夏岚在一旁帮腔，"讲身材要讲简小恬，盯不盯，看眼睛，美不美，看霸腿，简小恬前弓后翘，虐狗第一。"

吐槽谁谁到，朱维汉这个时候把电话打过来。佟子诚正看到关键处，跑进厨房，拿简小恬的手机给他打过去，自己的手机继续看网剧。

"我真嘞是对她好，她总是闷闷不乐，都是我找她聊天，她还想搞啷子！"朱维汉在电话那头气呼呼地吼。

"我老婆把菜做好了，赶快过来，过来说。"佟子诚眼睛盯着屏幕，心不在焉地压住笑声说。

"我现在走不开，她把门拦住，不让我和万继红出门，我们衣裳都穿好了。"朱维汉很恼火，隔着几里路都能听见他呼呼的喘气声，"胡千琴在她之前，是她主动提出和我交往，万继红后来和我好，我也没瞒她，她都同意，说不会离开我，要加倍嘞对我好。我给胡千琴说回乡嘞事，胡千琴一句意见都没得，送我一双板鞋，祝我脚踩春风，前程万里，你说说，都是家乡人，怎么兹样？"

简小恬向佟子诚打手势，问可不可以炒菜了。佟子诚把手机举在头上，眼睛没有离开屏幕，凑过来附在她耳边说，孔菊花不让朱维汉回贵州，非要朱维汉娶她。

"她说嫁给我，我并没的答应。你说，离家在外，哪个不孤单？她脑筋当喽啊，做兹种傻事。"

朱维汉的声音毛躁响亮，震得简小恬头皮发麻。她从佟子诚胳膊圈里钻出来，过去把火关掉。她看暗淡下去的灶头，想到祭祖时候的香火，它们在清明节前后那些天袅袅不断，漫山遍野。但不是每个长大以后的女孩都知道，自己日后将会埋在哪里。

"我懂她嘞心思，懂她们嘞心思，对她们很好，她们受人欺负都是我去摆平，她那一次，我三肋四肋打断两根，还不够？"

"但是，你不该让她们三个人竞争，不该让她和万继红一起住，喔喝。"佟子诚恋恋不舍地把目光从手机上移开，下意识看了简小恬一眼，按下暂停键，用修长的手指理了一下上周刚刚打理过的发型，"你又不是赵红兵，又不是小北京，古典流氓现代流氓名单上都没有你嘞大名，你搞不掂女人，她们不可能让你爽到最后。"他靠在厨房门上，无聊地扭头看廖喜来和他的两个女人在床上争风吃醋。

"她离开我又不是活不成。"朱维汉嗓子都哑了，听上去他已经说了很多话，把一生的话都说完了，人显得非常疲惫，"年龄差不多了，她也该离开了，她完全可以照样做良家妇女，她还要做啷子？"

"你给她出证明啰，"佟子诚干巴巴地说，"她拿良家妇女嘞证明去积分入户，事情就解决了。"

廖喜来挤进厨房，从佟子诚手中抢过手机，朝电话那头喊："某些兄弟烦不烦人，几点了，肚子饿了，兹哈快过来，喝完酒去玩打鱼机……"

廖喜来话没说完，电话里突然传来一声惊叫，是万继红的声音，她像被蛇咬了一口，然后是朱维汉，他惊慌地喊，孔菊花，你搞啷？孔菊花你莫要胡来！

电话断掉了，再打过去没人接。简小恬紧张地问，怎么了。佟子诚从廖喜来手中抢回手机，继续拨，电话通着，就是没人接。廖喜来咻咻地笑，说肯定是孔菊花鬼火撮，和老朱拼了，老朱会挨她嘞耳屎。佟子诚说，她不能把老朱惹毛，老朱惹毛了惊心动魄，就是黑道片了。廖喜来说，她可以下万继红嘞手，万继红不经打，老朱只能带着挂彩嘞媳妇回铜仁了。

"你们这样说不公平，"简小恬突然有些生气，她不喜欢男人挤进厨房，他们一点都不尊重她做的那些菜，"孔菊花在超市上班，只拿两千多，她舍不得吃舍不得穿，对朱维汉出手大方，朱维汉玩打鱼机，二百元一单的鱼炮她都舍得出，上次朱维汉玩急了眼，她一次买了三四万炮，就是看不得朱维汉不开心。你们知道她喜欢读书，别人都用智能机，她还在用 N96 的老机子，见一次面用我的手机看一次，那真是没有底线的付出。"

"那又啷个样，"廖喜来莫名其妙地看了简小恬一眼，再看佟子诚，"她可以用塞班直板，塞班不像安卓耗流量，一开网络就自动联网，看书可以开通流量包，也可以下载免费软件，也可以用动感地带 MO 套餐，照样省钱。"

"省你个鬼！"简小恬愤怒，"你当孔菊花是各种作，她不是非要看《和总裁同居的日子》和《BL 女的 BG 爱情》，她是想嫁给朱维汉！"

"朱维汉说过不会娶她，早就说过，她就是想不通。"

"她花了五年时间，用了五年心思，为他打了两个娃儿，人都老了，难道他还不能娶她吗？"

佟子诚看看这个，再看看那个，喉结滚动了一下，一脸被戕害的无辜样。他皱着眉头说，你们烦不烦？

听见吵架，徐友儿和夏岚挤进厨房，叽叽喳喳问朱维汉和他的老婆们什么时候来，什么时候开饭。夏岚碰到徐友儿的胸口，徐友儿嫌夏岚占她相因，不高兴地推她一把。夏岚没站稳，撞在角落的高压锅上，锅中的糟辣扣肉倾翻了一地。

大家一时傻在那里。

简小恬呆呆地看着泼了一地的油汤和香糟汁，脑袋里沮丧地冒出一个念头，早知道这样，做这么多菜干什么，不如只做一个菜，什么都装进一个锅里，炖在灶火上，总不会有人跳上灶台去把菜踢翻吧？

简小恬和佟子诚拦下一辆绿色出租车，赶到朱维汉住的天合村。廖喜来已经骑着他那辆雅格尔电动车，带着徐友儿和夏岚先到一步。出租楼下，停着几辆顶灯闪烁的警车，警察扯了警戒线，人群围一圈，多是衣裳鲜亮的厂妹。

简小恬和佟子诚赶到时，朱维汉已经被120急救车拖走了，地上留着一串新鲜血迹。廖喜来也没有看见朱维汉，只听说他被捅了好几刀，半个胃都掉出来了。

"死了没得？"佟子诚咽了口唾沫，紧张地问。

"听说还有一口气，"廖喜来说，然后补充一句，"他哭了。"

"哭了？"佟子诚不明白，"为啷子？他肿个样会哭？"

"阿个丝儿下手狠，各种捅，他觉得受不了，也许。"

"她们出来了！"夏岚惊喜地喊。

几个提着微冲的警察从楼道里出来，然后是一男一女两个警察，各自带着孔菊花和万继红。两个当事人一身血，脸上脏兮兮爬着泪痕，脚下打漂，有些走不稳。看见简小恬等人，万继红哇一声号出来，人往地上瘫。男警察一把抱住，连拖带抱送上警车。孔菊花没有闹，顺从地跟着女警察走，不看人，怔忡地看脚上的鞋子，好像浸泡过血的鞋子里藏匿着什么秘密，值得研究一下。

警车响着警笛开走了。人群渐渐散去，只留下简小恬五个人，不知道该做什么。过一会儿，佟子诚脸色苍白地吸了一下鼻子，打破沉寂：

"其实，老朱知道自己做不成大人物，他不打算在深圳发财，只想找个媳妇回家。他要昨天晚上走就好了。"

"他已经找了七八个媳妇，还可以找二十七八个，但是他没有那个福气，"平时从不和佟子诚犟嘴的简小恬，突然血往头上冲，有一种抢话说的冲动，也不管佟子诚是不是朝不保夕，她是不是身处危险，只管把话说出来，"现在好，他一个也带不走，他把自己都弄丢了，只有自己埋回祖坟山了。"

"你知道啷子，"廖喜来不高兴，朝简小恬翻白眼，"我们那里，娶媳妇不容易，彩礼两万，结婚七八万，没有新屋要盖新屋，算下地，十几万打不住，老朱家在城关，钱用得更多，要是从厂里带一个回去，一分钱都不用花，说不定女方还会帮衬几万，孔菊花是老乡，所以他不会娶孔菊花，只会娶万继红。"

简小恬什么都想过，就是没有想到这个结果，一时堵在那里，说不出话。大家都不说话，都呆在那里。简小恬下意识地回头看佟子诚，希望他能说点什么，比如说，现在怎么办。佟子诚站在那里，美目涣散，被吓住了，这回他没有把手抄在裤兜里，而是纠结在胸前，一副憨丝儿样。简小恬知道，不能指望佟子诚了，无端的，刚才在厨房里的念头再度浮上脑海：你可以做无数道小菜，也可以只做一道大菜。

顺着这个思路，简小恬继续往下想：

你可以钓无数条小鱼，也可以只钓一条大鱼……

你可以走无数曲径小路，也可以只走一条康庄大道……

你可以……

你可以……

你什么都可以……

2016 年 3 月 10 日

于深圳数叶轩

香蜜湖漏了

蓝八从香港来,我陪了她半天。那天是"玛娃"登陆的日子。

　　"玛娃"的情况是这样。6 月 12 日,马来西亚的鸽子"苗柏"扑腾着从大鹏半岛正面登陆;7 月 30 日,柬埔寨的捕鱼者"纳沙"擦着深圳东扬长而去;12 天前,日本的"天鸽"声势浩大地造访了深圳和香港;4 天后,从老挝游来一条名叫"帕卡"的鱼,动静也不小;时过一周,"玛娃"又到了。

　　据说,"玛娃"是一朵玫瑰。用玫瑰比喻凶巴巴的台风,脑洞够大。

　　总之,整整一个月,空气中充满了湿漉漉的水汽,路上行人个个吸足了,不敢乱打喷嚏,怕喷嚏传染,大伙儿都打起来,淹了街道就不好了。

　　这就是蓝八过境来那天晚上的情况。

　　蓝八是我前女友。也未必。记不清哪一年,香港书展最后一天，我带了只空轮包过境去淘书。乌泱泱人头中，一位女子撞了我一下，我俩怀里的书散落一地。女子说，哎呀，对不起啊对不起。我说，没关系吧没关系。我俩磕开人群蹲下捡书，地上居然散落着两套一模一样的《1＋0》。我不禁莞尔，隔着晃来晃去的腿柱子看那女子。女子也看我，咬着下唇，努力不笑出声，目光闪烁有趣。她穿黑白条纹抽烟装，衣襟在人群中挤得稍许凌乱，活脱脱《闩》中女子欲抽身却不能的纠缠模样。我猜她也是这么想，把我当作那位欲行山川相缪的男子，剩下的，就是抢门闩的游戏了。

8 册漫画，乘以 2，一共 16 册，一会儿就捡完了。我请女子选一套。她请我先选。我说不如我们去喝点什么。她说好。

说"好"的女子是蓝八。

以后，我俩每年见两面，她来深圳，或者我去香港。不是特意，顺便，人到了，留条信息，要是另一个在，就见一面，等于彼此是一种存在，证明世界不真孤独到环顾四野唯有自己。她原来用 WhatsApp 和 Facebook，我俩在地上捡过漫画后，她加了企鹅。她中文不好，繁体字也不怎么样，好在我下载了翻译狗。我俩从不长篇大论，仅限于："在吗？""在。""呀，对不起，在厄立特里亚。"能对付。

有一年，我被人追债，逃去黔东南山区躲债，在山里闲得无聊，忽悠老乡办了个生态农庄，种茶油、腌火腿、晒党参，一来二去迷上了田园生活，在农庄待了一年多。

第二年，蓝八参加 IUCN 组织全球红树林考察计划，去孟加拉和伊朗工作了一年。

那两年，我俩没见。以后再联系上，已经没有弗拉贡纳尔笔下两个人物在强光里偷情时惊鸿一瞥的感觉了。

我没打听过蓝八的事，她到底是谁，除了类似"大都市水源地可持续保护"之类的计划外，还做什么，有没有配偶，这些事情，我一次也没问过。蓝八也没有打听过我的情况。我俩没谈论过这个话题。

我俩哪一年遇到的，记不住了，第一届香港书展到现在，28 年了吧，折中算，14 年，我们没谈过这个。

我请蓝八在香蜜湖"1979"吃饭。那是我的地盘。不全是。大部分不是。

我在产业园有一点股份，它让我在这座城市打拼了 20 多年后，笃笃地做了纳税人。我已经过气了，再过 15 年献血的资格都没有了。如果靠谱点，好好守住这份产业，不再让人追杀，个人历史就完整了。

服务生拿来菜单。我为蓝八点了烟熏鲑鱼，配圣美伦甜酒。蓝八喜欢樱花木味道，我喜欢因纽特人，他们相信万物有灵，生肉不是生肉，是信仰。

鲑鱼切大片，配西柚、水萝卜、荠菜苗和鲑鱼子，吃的时候尽可能张大嘴，想象自己能吞下整座海洋那种，鱼肉整块入嘴，慢慢合上海洋盖子，野生鱼子在齿舌间一粒粒爆开，一种让人特别绝望的深海气息立刻弥漫整个感知系统。

蓝八嘴大，做得到。

饭后，我们去了会所旁的 Maan Coffee，打算喝杯咖啡，说会儿话，然后离开。

这样，我们就不必请代驾了。

Maan Coffee 一楼座无隙地。看来，没有人在意气象局发布的橙色预警。台风让人们上了瘾，就像连续玩了 15 次《龙神契约》，你会兴奋地和臭味相投的人待在一起，期待第 16 次狂热体验，大概是这种情况。

我对 3D 手游和台风同样充满警惕。空间计算技术是个大骗局，它的原理就是让人以为自己不光是自己，还可能是别的什么。能是什么呢？台风也是，它带来丰沛的雨水，可是，等它离开后，雨水很快就消失得无影无踪，这是怎么回事？

我不打算和热爱台风的瘾君子们凑在一起，带蓝八去了人少的第三层。

经过二层时，见一个女人坐在近楼梯口的位置，一个人，背对这边，看不见脸，一袭宽大的远山蓝麻布裙，在纷乱的吧堂灯光下，有种水洁水清的单纯的安静。

我是这么想的，人总有耗尽的一天，就像台风，别指望风樯阵马的激情会永远相随，那个不可靠，彰显常青的最好方法是举重若轻的淡泊，这个，孤立的"远山蓝"做到了。

之所以这么说，是我去酒店接蓝八时，她使用了晚装最后通牒手段。大牌刺绣和蕾丝使她像一棵常青植物，"浅吻"牌子的耳环、项链和手链球果般下垂，让人眼累。她是反智阵线的人，言必绿色主义，好像地球真的有若干种隐藏起来的面目，是我等俗人看不清楚的。我不反感主义，只是觉得，周末是休闲时间，绝对不应当刺激人的感官，那样反倒刻意。

我和蓝八找座位坐下。我们在工业时代的铁器和农耕时代的木器混搭的装置中坐下。

我点了山多士现磨，希望咖啡在烫嘴的时候送来，这样，我会稍稍原谅 Maan Coffee 设计师的拙劣前卫。

蓝八瘦得像棵悬铃木，我猜她可能会点森林野梅。果然，她中了我的推测，点了花式。

我们坐的位置，正好能看到二楼的楼梯口。

我又看到那袭安静的"远山蓝"。

这一次，我看清楚了，是位相貌姣好的中年女子。我猜测，她之所以选择楼梯口，是不想深入，离开时方便。另外，我觉得工业时代也好，农耕时代也罢，都不如命运来得那么直接。

我做出一副沉思的样子，玩了会纸巾，等蓝八从洗手间补妆回来，礼貌地告诉她，我可能遇到一位熟人，要离开一会儿，她可以使用店里的免费网，泡会儿环保圈，等我回来。

我下到二楼，来到中年女子面前。

中年女子娇俏的短发荡漾了半圈，扬头看我，眉眼间干净，然后绽开成熟如花瓣的唇角。

"是你呀。"我说。

"是。"她说。

"怎么会？"我说。

"你还好吗？"她说，"你俩上楼时我就看到了，挺舒服的一对，没想到是你。"

"不兴这么虚伪。"我说，"本来想说气焰嚣张吧？"

中年女人叫秋千儿，如果她没有改掉姓名的话。

现在人们不大使用父母取的姓名，大家都躲躲闪闪的，想割裂又做不到，改不改的，意义不大。

我和秋千儿，我俩过去是老乡，兼过一段时间同事。可能比这个关系密切一点。但也很难说，要看秋千儿怎么定义。她样子似乎没变，一定要说的话，比过去多了点烟火气。过去她是仙女般的小姑娘，在狼群中很容易被吃掉那种，幸亏认识了阿茶，她才幸运地活了下来。

事情是这样的，香蜜湖一带过去有几家新兴企业，我们那时候二十出头，或者不到二十，刚离开学校，跑到这座城市来，想成为新兴企业的员工。那时候它们不像现在，人模人样的 50 强，那时候它们刚刚出生，或者出生了一阵子，举步维艰，或者快倒闭了，没有什么架子。时代这种东西，就像陆地向海洋过渡的潮间带，看起来河湖满地，可有人能繁衍往生成红树林，有人却板结掉了，只能完蛋；我们也一样，有的能出息，有的不能。

我们13个来自不同省份的年轻人，3个中学或中学肄业，3个专科，6个本科，1个硕士。我和秋千儿年龄最小，19岁，年龄最大的是中科大少年班的吴硕士，22.6岁。我们在香梅村合租了一套三居两厅。

那个时候，没的说，我们都是燃情中二，一听黄家驹的《光辉岁月》就落泪。

……
可否不分肤色的界限
愿这土地里
不分你我高低
缤纷色彩闪出美丽
是因它没有
分开每种色彩
……

吴天才最先找到工作，在岗厦街道管流动人口登记，天天和人吵架，挨主管的骂。干了两个月，他觉得和襟江带湖的城中村气场不合，决定回学校考博，上个台阶再卷土重来，辞职收拾行李走了。

秋千儿第二个找到工作，在香蜜湖发展势头最好的 G 企业当整理工。剩下我们 11 个，大多 3 个月到第二年才撮（找）上工。不是吴天才一个人有气场不对的感觉，但都咬着牙没离开。9 个男的坚持下来，部分原因和秋千儿有关。

3 个月以后撮上工的是我。我也进了 G 企业，和秋千儿在一层楼上班。我上班那座大楼原址就在我们现在坐着的地方，它那时候提倡时间就是生命，现在提倡慢生活。

第一次看见秋千儿，她在三居室的厨房里做四川小面，我拖着脏兮兮的行李进门。印象中，她骨骼完美，一副山野菊的娉婷模样，这样的人待在红油辣椒、花椒碎、榨菜粒和姜汁蒜蓉水的刺鼻气味里很不合适。大概是这个原因，很长一段时间，我总是不好意思，不敢正眼看她。3 年后我才知道，她下颏上有一颗朱砂痣，那个时候已经晚了，她已经做了别人的姑娘。

我没法装作不喜欢秋千儿，除非真的不喜欢。为了戒掉喜欢秋千儿的毒瘾，我想了很多办法，比如在工装裤兜里塞一只穿了半个月的袜子，想她时，袜子掏出来凑在鼻子下。可是，接下来的情况更糟糕，我开始对脚臭上瘾。

我只是暗地里喜欢秋千儿的人当中的一个，自己较劲，完全没有希望那种。在波光潋滟的秋千儿面前，我和天知道还有多少喜欢她的人，我们就像一块块未经挑选，角度钝圆的石头，在湖面勉强跳跃几下就沉入水底。我这么说，是我和秋千儿，我俩的确在香蜜湖边玩过打水漂游戏。现

香蜜湖漏了

实情况更糟，我连石头都不是，只是一团匆忙捏成的雪球，秋千儿她在那里一碧万顷着，我这只雪球在她的湖面上没来由地奔走，下场好不了。

5年后，G企业进入本土50强，去别的地方买地盖大楼了，我也在公司新的用人机制中败给蜂拥而至的名牌大学生和硕博们，丢了饭碗。我就是利用那个时候，戒掉了秋千儿的毒，离开工业体制，闯进腥风血雨的市场天地。

下雨了。雨点密集地打在落地窗上，不断晃过的车灯让雨丝显现出来，使夜晚越发支离破碎。晚上8点左右，正是生活舞台的角色换场时间，一些人来，一些人走，事情就是这样。

"怎么啦？"我发现秋千儿在看我，问她。

"她很漂亮。"秋千儿朝楼上扬了扬下颏。

"哦。"我说，"没办法，我只能和漂亮女人来往，不然越来越没有勇气。"

"她不是你妻子。"她抿着嘴笑了笑，冲我皱巴巴的衣领努了努嘴，"衣裳没熨烫。"

"怎么说呢，我只配有前妻。"我尴尬地笑。

我是说负小荷，十三使徒之一，多年前，她和秋千儿等4个女的，她们占去香梅村那套房子的三分之一套间。

但我在撒谎。负小荷不算我前妻。法律上不算。

我和负小荷，我们都想出人头地，为打拼一个说得过去的前程狼突豕窜，和一切挡道的东西较劲，也和自己较劲，不肯拿时间出来办手续。等我们都站在那个被叫作前程的地方，热情已樯倾楫摧，内心满是沧桑，连吹动空气的欲望都没剩下，两人在一起 11 年后，索然无味地分了手。

我还是撒了谎。不是力比多的事。人越成熟，越不敢走到一起。你觉得，清澈见底的人生，非得赖上另外一个人活下去，这种事情靠谱吗？

我问秋千儿成家了没有。当然，她说。她早做了人妻，先生是丹麦人，麦肯锡国际管理咨询公司驻华代表。他们有一儿一女，暂时没有回格陵兰的打算。她说这件事情时口气月朗风清，让人觉得她若笑出来，会有幸福的小花朵跳进面前的烛光中舞蹈。

事实上，她是对的，时光不会倒转，我们都无法回到过去，哪怕我的小腿肚子仍然弹性十足，胳膊也有力，但我已经老到风平浪静，没法让鼓起的勇气再回到六块腹肌时代，这是事实。

我在想，如果那会儿我追上她。这当然不可能，但假使这样，我算不算雁归湖滨？台风带来的雨水会不会无缘无故消失？

我开始想象那个来自地球上最大岛屿的冰地男人，他怎么做到让她为他生下一儿一女，眉眼间仍然不经意流露出干净的喜悦。

"艾伯特会为我办理丧事。"秋千儿似乎猜到我在想什么，突然扬了扬眉毛说。

这个答案我没料到，有点意外。

"我们谈论过这个问题。"

"你是说……"

"就是你想的那样。"

"什么？"

"我有点担心。"

"他比你先死？"

"他比我大 9 岁，身体很棒，会坚持下去。说不定我走之后，他还能回格陵兰岛猎几头海豹，守着祖上留下的木屋度过一段美丽的极夜。"她莞尔一笑，烛光晃动了一下，"我不想再看到谁在我眼前粉碎掉。"

哦，原来这样。

阿茶是暴毙。一辆泥头车从后面撵上来，从他驾驶的福特 650 皮卡上碾过，再出色的皮卡经典也没能保护住他。据说那是最后一批获准在市区行驶的泥头车中的一辆，新大威，自重加载重 20 吨，警察用了好大力气才撬开福特 650 完全变形的车壳。那个场面，光是看一眼就让人瘫了。

阿茶是客家土著，凭国家政策押地先富，注册了一家文化公司，到处收购老围屋，办耕读农庄、建宗氏民俗博物馆，公司一项重要业务，就是阻止 G 企业买下香蜜湖的地皮。

香蜜湖畔有几栋客家围屋，几百年历史了，阿茶要连同周边土地买回去。

阿茶的做法伤害了北佬。企业买不下地，就不能扩张，不能扩张，源源不断南下的新北佬就没有工作，没有工作，新北佬就不能源源不断到来，城市就不能发展，据说G企业就是这么离开香蜜湖，去了别的地方。

没有任何证据证明那场惨烈的车祸出自预谋。后八轮自卸车碾过皮卡，司机不认识阿茶，只是没喝"东鹏特饮"，太困，撞上路边花坛才从睡梦中醒来，完全不知道垫得高高的车轮下有什么。

我扭头看窗外。

视野可及的夜幕后，曾经顽固地生存着一家蚝蚬混养的养殖场。养殖场占据了一片水鸟横飞的湿地，湿地里间或生长着瘦骨嶙峋的桐花树，一群群海鸟从深圳湾方向飞来，落在开满白花的老鼠簕灌木丛中，灌木下是再也回不到海洋里的惊慌的海龟草。湿地中间是马鞍状湖泊，湖泊很大，能佐证每年十几个台风源源不断到来理由的那种，它叫香蜜湖。

离开G企业以后，我在养殖场里做过一段小工，整场、投石和播苗。我常常躲开老板气吞湖海的伤感目光，躺进湖畔边干草丛中，惊起一片海鸟起飞；我要打个盹，海鸟才能飞到湖对面正在搬迁的G企业厂区，在那里落下。

也就是在香蜜湖畔的养殖场里，我知道仙女般的秋千儿正在海鸟飞去的那个地方，从制式女工的一员变成制式女干部的一员，越来越成熟，越来越优秀，越来越不像从家乡出来时，在火车上给晕车男童唱《星语心愿》的那个她。

我不太确定，我有没有在心里祝福过骨骼完美的秋千儿。但我在水软山温的香蜜湖畔徜徉过多少个傍晚和黎明啊！

阿茶和 G 企业，他们谁都没赢，养殖场后来卖给了比他和它更魁梧的国资委，湿地变成了水上乐园，湖畔快速生长出钢铁焊接的"红树林"，高大的结构架像还没出生就死去的巨人骨骼，远不如尸体新鲜时那么生动。

再后来，香蜜湖畔成了地产大拿的必战之地，不断冒出一座座高档度假村、漂亮住宅小区、神秘名人俱乐部，香蜜湖湖面越来越小，海鸟再也不来了。

离开养殖场以后，我做了一些和湖泊没有关系的事情。什么都做过。事业起起落落，生活也起起落落。有段时间我很郁闷，觉得什么地方出了问题。我认为是那座湖出了问题，它越来越小，越来越不像湖。

再再后来，我回到这里，寻找失踪的湖泊。

我有个奇怪的念头，我认为香蜜湖在漏。它的某处地方与地心连接着，地心里藏着一个偷窃土地血液的大家伙，湖水被不断吸食到它肚子里，这就是香蜜湖越来越小的原因。

关于不断变小的湖泊，我能说什么？

我决定不走了。我决定螳臂当车。我把赚来的钱都投入"1979"。我和这片曾经有过无数海鸟和我初恋的地方较上了劲。我觉得自己很无聊。我猜是为了某种纪念。

　　"怎么会在这儿?"我问秋千儿。

　　"就是在这儿。"秋千儿说。

　　"约了人?"

　　"没有。随便坐坐。明天早上的航班。"

　　明白了,她是路过这里。这就对了。城市变化很大;但和她这个来过又走了的人无关。她熟悉香蜜湖这个地方,等航班的时候,来这儿怀怀旧,她的意思是这个。

　　但也不完全是。她和其他等航班的旅人不同,曾经是这座城市的一分子,人们把这类人叫作奋斗者。那个时候,这座城市朝气蓬勃,是人人羡慕的青铜乐园,你往大街上丢块石头,不是砸中运输建筑材料的泥头车,就是砸中奋斗者。现在,你再丢块石头,不是砸中成功人士,就是砸中穿制服的执法者。

　　我和秋千儿,上一次见面是十多年前的事情。十二三年吧,就是阿茶出事那次,她从四川赶来参加阿茶的葬礼。再往前一年,她离开了他。

　　秋千儿突然从我们当中消失掉,以后听说她和阿茶吹了。这是惊天大事,让我们这些曾经年轻过的 13 - 1 使徒不知所措而感到愤怒。我们觉得这座城市没有什么意思,时间和金钱都没有什么意思。

秋千儿离开以后，我们没精打采议论来了又走了的秋千儿，我们都不知道发生了什么事情。很长一段时间，关于来了又走了，是我们唯一愿意谈论的事情。

有人提议大家聚一聚，请秋千儿吃顿饭，几顿也行。负小荷在QQ里开骂，什么意思啊，伤口上撒盐，男人太没劲了。大家觉得负小荷话难听，往深里一想，的确有点没意思，吃饭的事情也就作罢。

13使徒中的9个男人，8个没有参加阿茶的葬礼，我去了。

我认识阿茶。

怎么能不认识？他是香蜜湖的名人，他把家里押地分得的几千万砸进去，把家族亲戚的几个亿砸进去，干出了多大的阵仗啊！何况，我在他的养殖场当过小工。

我也理解没有参加阿茶葬礼的那8个人。

大家没地可押，不会抵制什么，可大家没有被一台过了报废期的泥头车碾成肉饼，对这个结果，谁都心怀一种胜利者的伤感。

相反，是阿茶，他傻，明明知道没有什么可以阻拦住，他就是要阻拦；明明知道不想长大也得长大，一直做无忧无虑少年的可能性根本没有，难道他想做新时代的嘎达梅林？他当然不是城市进程的对手，他还不如识时务，学学潮汕商帮，做新时代的犹太人，在海外扩张疆土，再杀回来，把祖先的热土买回来。

世上的葬礼大同小异，没有什么好说的。

葬礼结束后，秋千儿返回四川，却没走成。她晕倒在候机厅，一位好心人把她搀扶到椅子上，为她买来一瓶水，顺便偷走了她的小包。别的还好，身份证和护照丢了。那时候不兴异地办，大家推荐我出面，解决这件事情。

我找人借了辆车，开车送秋千儿回四川老家。1800 公里，两夜三昼，秋千儿在车上一直昏睡不醒。我说，你何必。我说，你是你，他是他，你俩吹了，死去活来的用不着，就算用得着，他被历史的车轮碾扁了，活不过来了。秋千儿听着，一句话也没说。她在昏睡，我说也是白说，我是说给自己听。

车在沪蓉高速公路检查站被拦下，防暴警察如临大敌，把困极了的我拖下车，我的脸冲地被踩在硬邦邦的军警靴下，微冲顶住脑袋，车里车外检查了个遍，底盘都没放过，撬杆弄坏了好几处地方。

后来才知道，高速公路管理方监看渝湘线检查站视频，怀疑有人用迷魂药劫持人质，通知警方采取行动，我倒了霉。

我说过，我没想回家乡，我是正大光明送人回乡，不是做贼；而且，车不是我的，我离财务自由还差 10 年。警察真是害人。

起风了，不是通常的风，比那个大许多，停车场前面的大王椰团结一致向一边斜，窗户上密密麻麻贴着一层雨点，汇聚的水珠把夜色中的一切放大到不真实。就是说，"玛娃"的马仔先到了。

几个穿衬衣挂铭牌的售楼生从一楼上来，从我们身边过去，说着高尔夫公园改建的事。

香蜜湖再次涌入大笔来路神秘的热钱，它的再一次生育高峰到来了，这一次，不知道会发生什么新鲜故事。

我和秋千儿都没有说话。她安静地盯着桌上的烛光，耳郭在烛光摇曳下透着隐约的洁润，看得出，她没有什么可操心的，或者说，她已经应付裕如，是她自己的主人了。我不觉得这有什么好，这里的人可不喜欢卧云对雨的从容生活，那可不怎么妙。

我想，我该回楼上。咖啡肯定送来了，喝完咖啡，把蓝八带去罗湖公寓，她明天从那儿出境，比从观澜走快得多。我这么想，打算告辞，可是，秋千儿开了口。

"我来看他，想知道他在不在。"她说。

有一刻，我没明白她的话，但很快，我知道她指的是什么。

她指的是阿茶。她说来看他，想知道他在不在，就是那么回事。

他在不在，他在不在，我在心里问自己。

接下来，我从秋千儿那里知道，她每年一次从四川返回这座城市，什么地方也不去，就在香蜜湖，在附近找一处不被打扰的地方，坐上几小时，然后返回机场。去年是

De Post，今年换成 Maan Coffee。

"想等他一会儿。"她说，"我知道他不会出现。但我会等一会儿。"

"等什么?"话出口，我才醒悟，可是已经收不回来了。

"没什么。"她说。

"但那是什么?"我索性问下去，索性把失控赖到台风综合征身上。

"我说不清楚。"

"哦。"

我在想华灯繁炽的城市，此时有多少人停下来，收起抻得过长的思绪和欲望，回过头去，慢慢沿着来路返回。我不相信人与幸福的距离只隔着一杯咖啡，有时候，它隔着一堆碎掉的水晶。

一群十六七岁的少年男女叽叽喳喳拥上楼来，楼梯发出乱糟糟的声音。唉，他们应该悠着点，放慢脚步，好好体会身边的叽叽喳喳。

这是我的经验。在青春消逝之前，人们看不到人生尽头，不知道自己拥有它，多少情感如水赴壑，等看到尽头时，楼梯上只剩下自己了。

过些年，他们再下楼时，身边已经没有了叽叽喳喳，铸铁扶栏上只剩下缭绕的叹息。

我想到那个叫艾伯特的格陵兰男人，他和他那些海上马车夫的祖先一样，基因中有和冰雪打交道的苷酸信息，但他们和他却走得够远。他最好严肃一点，听她的话，让她走在他前面，等她走了，他回到北部地区，把水分子凝结回不会流动的冰块，待在那儿，就算她不在了，和他离开家乡时两手空空一样，他什么也没有失去，不用台风帮忙，不用承担雨水。

问题是，人们到底想要流动的雨水，还是不流动的冰原？

一大团白雾急匆匆地穿过夜幕，撞在落地窗上。是暴雨。紧跟着又是一片，这回气势汹汹，不再间断了。"玛娃"来了。

停车场那边，一个穿着怀旧制服的导泊员护着脑袋朝这边跑来。一个四五岁的孩子兴高采烈把什么东西丢进水洼，她年轻的父亲站在一旁看她被大风刮得东倒西歪，哈哈大笑。

二楼西北角，一群穿白衬衫和制服裤的年轻人开始大声唱着什么歌。屋外风雨声大作，听不清他们唱什么。在此之前，比比金的阴魂一直在楼下徘徊不去。

我有建议权吗？他们应该唱黄家驹。

我问秋千儿，想不想知道她离开以后发生了什么。

秋千儿不置可否。没有关系。黑暗在 Maan Coffee 之外包裹着我们，那里是台风的世界，我确信那里有某种光亮应该被人们记住。

吴天才杀回来了，这回是吴博士。他还是觉得和这座城市是水过鸭背的关系，找不到感觉，他又不能反复离开再杀回来，于是彻底离开，以后听说他在海外某个寺庙剃度出家，做了和尚，我们没去看他。伍振林去了海防做房地产，他给自己买了高额保险，在圈里发文，悲壮地说，再见了。贺雷办特殊人才去了香港，中学肄业的他成了香港特区政府优秀人才入境计划第一批受惠者，这个结果谁也没有想到。

我们剩下的 13 – 4 使徒偶尔有来往。就我所知，大家不必为分期付款、公司上位机会、互联网社区关系、前女友或前男友骚扰、怀不上孩子或意外怀孕操心，混得说得过去。但是，人到中年，离死还有一段路，大家还得和长大的子女、争夺学位房名额、配偶强迫症、岳父母或公婆矛盾、渐衰的性事、越来越多的谎言、越来越少的激情、衰竭的民族主义和日益迷信的保命秘籍斗争。

就是说，台风还在继续，它们念念不断，在某个大洋深处形成，一个个接着来。只是，台风不像人，不像自然生成的潮间带，不像潮间带中的湖泊，来也是白来，雨下得再大又有什么用？来那么多又有什么用？

还有一件事。我们坐着的地方，背对北方，秋千儿在这里的时候，北方叫"关外"，那是绝大多数人家乡的方向。那里有个二线关，在地图上看，像一条长达 83.5 公里，在 1 个水上关口、16 个陆路关口和 23 个耕作口打结的蚯蚓，现在，它的结全拆了，蚯蚓也没有了。

我是说，如今秋千儿已经回到家乡，但每年还是有那么一两天，会念念不忘地来这里坐坐，等着谁出现，或者知道没有人出现，但她还是会来，会等，那颗心，到底没有死绝吧。

　　我那么说，秋千儿一直安静地看我，微笑着，等我说完，她才开口。

　　"你呢，你怎么样？"她第一次问到我，完全没有接我刚才的那些话。

　　既然问到，我就说了。如今大家都离开了香蜜湖，13使徒走掉12个，留在这里的只有我。我嘛，打算通过走门路，正当的不正当的门路，用得上用不上的门路，竞选湖长。这当然不可能，但我怎么也舍弃不了这个念头，舍弃不掉当上香蜜湖湖长的念头。我主要是说香蜜湖的秘密。我和它碰上了，和自己碰上了。

　　"为什么？"

　　"它一直在漏。"

　　"漏什么？"

　　"没什么。"

　　我说的是实话。香蜜湖在漏。所有的湖泊都在漏。我们这些人，我们都在漏掉元气，成为一个个皮囊人，满世界招摇，只能看，不能碰。

　　秋千儿在烛光中看着我。我不清楚，只是感觉。我没有看她，就像我俩从来不认识。她不再是原来的她，我也一样，但我们仍有某种东西牵连着，比如光合作用，比如成长基因，因为这个，我觉得，我们都是台风携带的雨水，既然来了，就该做点什么，不能什么也不做。于是，我坐直身子，打起精神，像20多年之前一样，挥动手臂，自顾自地唱起来：

......
年月把拥有变作失去
疲倦的双眼带着期望
今天只有残留的躯壳
迎接光辉岁月
风雨中抱紧自由
一生经过彷徨的挣扎
自信可改变未来
问谁又能做到

除了秋千儿，没有人注意到我，我唱完了，没有人鼓掌。秋千儿坐在那儿，相当安静，目光在风雨交加的落地窗外，极有可能，连她也没有注意到我在唱歌，抑或是，我是在自己的想象中唱了这首老而又老的歌。

Maan Coffee 外面风雨晦暝，雨水在台风的裹挟下正式登场了，它们会有一些动静，但不会停留太久，最多十来个小时以后，它们会搭乘台风的航班离去。想不出来还有什么可说，我起身离开二楼，踩着镂空的工业时代楼梯，慢慢向三楼走去。

我没有对秋千儿说再见，用不着。

对于香蜜湖，秋千儿是候鸟，我是小叶榕；她季节性地出现在这儿，我得气根盘桓，干云蔽日，我们不是为了同一目的活在这个世界上，用不着告别。

回到三楼，蓝八已经走了。查看留在桌上的手机，她留了私信：

"谢谢款待。突然想去一个地方，去那儿坐坐，一个人。"

这就对了。我想，这就对了。

我端起冷掉的咖啡，喝了一口，靠在座位上，让自己放松下来，一直噙在眼眶中的一颗泪水，这时才掉落下来。我看不见自己，但我猜我在微笑。我是说，我在想，萎缩掉的湖泊，此刻一定悠悠烟云，水趣盎然。台风就和人一样，在时光中来了，去了，再大的动静也会消停。不知道雨水走后，湖水会留下多少，湖水漏光后，湖泊是不是要改名；如果不改，以湖命名的地方，只是个传说，对以后的人们，有湖泊是祖先时候的事情了。

这么说，我也是祖先。

光明定律

朱法水和宗成，两个朋友坐在梅林水库边喝酒。

　　宗成号啕大哭，一个劲地擤鼻涕，脚下丢了一堆纸巾。不知道是因为风大，还是他俩喝的是低档酒，朱法水有点头晕，但他还是给宗成的空纸杯里又斟上了一些。他俩喝了很长时间，从中午喝到黄昏，这么长的时间用在喝酒上面，而且是在登山者不断经过的梅林水库，怎么都觉得有点无聊。

　　朱法水依着一块禁钓警示牌坐着，时间一长，腰酸背疼。他不知道怎么和宗成谈他那桩以悲催的方式结束掉的婚外情，还有公司接到的女方的投诉材料。主要不是谈这件事情，是宗成哭，两人喝酒倒在其次。朱法水心里有些难受，倒也不是为宗成不得已结束掉的那份不实之情，而是为陷入强烈人生困惑的宗成，还有他自己。他俩的车停在水库下，肯定要请代驾了。

　　朱法水和宗成是一对搭档。他俩都是光明新区田寮村人，两家从爷爷那辈起就是冤家，打了几十年，可说来也怪，牛嫲打跤牛仔食草，到了宗成和朱法水这一代，局势变了，两人打小是玩伴，一起上小学和中学，一起考入福建农林大学，毕业后一起分到林业厅。当年朱法水辞职回乡创业，宗成还在为有害生物防治检疫站的科长职位带毒奋斗。5年后，宗成在竞争副处位置时一败涂地，输给对手，一气之下辞了职，回深圳投奔创业成功的朱法水，当时，他也这么哭了一场，没这么厉害，但差不多。

宗成认为，他没能晋升副处，问题出在经济实力不足上，如果能凑到50万，而不是只给上司送了一斤虫草，他就不会回深圳来找朱法水了，而会沿着光明的仕途之路继续走下去。

"50万做乜计？100万仲好啦。"朱法水讽刺宗成。

朱法水和另两位合伙人创办了一家婴幼儿用品公司，经营婴幼儿食品、食具、服装、家具、启智类玩具和电器，他管不了林业厅干部提升，只能在这方面帮助同乡兼好奇。

"汝觉得，公司俾汝18万年薪，外加带薪休假，汝晓唔晓接受？"他问宗成。

"汝讲得啱，"宗成呜咽着抹一把泪，"俇屋企冇汝屋企押地多，俇屋企多嘅系莱姆、Q热、登革、广疮、白斑，我老姆嘅屋企就系地头病嘅祖宗。"说这些话的时候，宗成眼圈红着，委屈得要死，好像这一切都是朱法水造成的，"汝觉得，俇宜家仲有乜计选择？"

人们看重下一代，而国货品质每况愈下，这为朱法水和两个合伙人提供了机会。借助与香港一河之隔的优势，公司很快建立起良性采供货渠道，业务越来越有起色，在完成最初的积累后，公司停止做水货和贴牌，专注于品牌，并且开始在内地做加盟。俗话说"冇碎砖，冇碎墙"。宗成进入公司后，给朱法水当了一年助手，在加盟店的推广上绩效非凡，以后改任分管营销的部门主管、副总经理。他干得好极了。他是那种性格活跃，精力旺盛，行为能力超强，在哪里都讨人喜欢的人，即便 2012 年公司因资金周转出现困难的时候，也能为公司创造财富，就是人们说的那种平均年龄 37 岁、95％ 白手起家、6 万个中国亿万富翁中的一个——如果他坚持下去，不让自己的智慧和精力休息的话。

进入公司 3 年后，宗成成了合伙人，虽然股权比朱法水和两位创业股东少了不少，但他非常知足。朱法水好几次冒出这样的念头：他终于可以放心地把总经理位置让给最好的朋友来做，自己回到家里喘口气，治治要命的失眠症了。

宗成哭了七八次，终于停下来。有一阵，他俩谁都没有说话，呆呆地坐在那里喝酒。

朱法水看水库。有一条大个头的鱼从水库里跳起来，在空气中停留片刻，跌落回水中，留下一串涟漪。朱法水不知道那条鱼，它是 1956 年修建水库时留下的溪流野生鱼，还是 1994 年水库扩建后放生的养殖鱼，总之，因为在缺少危险的水库中日子过于幸福，它们显得不堪困乏。

他俩喝光了带来的酒。朱法水一步一个台阶，去水库下面又买了四瓶二两装劲酒。这种酒一般不适宜朋友说肺腑话的时候喝，但附近只有一家小卖部，朱法水不想穿过梅丽路，去梅林路上的家乐福超市，梅丽路上有很多眼睛上蒙着眼眵的流浪猫，它们让人看了不舒服。好在他俩过去经常如此，这不算什么。

上中学和大学的时候，朱法水和宗成总在一起琢磨女生，或者说，是宗成和朱法水，前者才是行动的主导。那时，押地风刚从罗湖和福田吹到宝安，光明新区离市区远，等到家里富裕起来，已经是几年后的事情。他俩是农村子弟，家里没有钱，靠贷款和家教收入助学，只能喝沱牌和珠啤。他俩成绩都不错，朱法水略胜一筹，但在泡妞这件事情上，朱法水总是败给宗成。

每一次，他俩翘课溜出学校，去厦大、师大，或者华侨大学参加学生会组织的有众多幼齿女生出现的活动之前，宗成都会忧心忡忡不厌其烦地警告朱法水，这是一个充满欲望的夜晚，每一个女生都很危险。

"佢哋隐匿喺甜蜜嘴唇后嘅细虎牙会咬伤汝，嗰个真系致命伤，一世都莫想治好。"宗成吓唬朱法水，然后他大义凛然地拍了拍朱法水的肩膀，把小兄弟推到身后，"等倗来啦，偌哩身肉结实，比汝经咬。"

其实，朱法水并不害怕被某种特定的灵长类动物撕咬，他无数次闭着眼睛在心里体会，那应该是一种美妙的疼痛，让人记忆终身。但他佩服宗成，尤其在周细妹的事情上，他已经不是佩服，而是崇拜了，这决定了他不可能抢在宗成的前面，去被某个幼齿女咬上一口。

周细妹是朱法水和宗成的同班同学，相貌甜美，有一双又细又长的腿，班上差不多半数男生幻想过和她好上。朱法水在中国名花公开课上偷偷画过周细妹的美腿，她就坐在他和宗成前排，托着消瘦的腮帮子，专注地看着台上的老师。想想吧，那可是从中国林业大学请来的名师。可是，宗成从来不把名师放在眼里，他也不像朱法水这种可悲的炮灰，勒紧裤腰带，花光最后一张饭票来讨好女生，这个厚颜无耻的家伙，他一个子儿也不肯付，只是在辅导员面前拼命赞美自愿去老少边穷地区的学兄学姐，含泪写下善良的人们读过后会脉搏加速、老实的人们读过后会自惭形秽的发言稿，在代表大二同学上台发完言以后，把发言稿揣进裤兜，当着校长和全校同学的面唱了一首五音不全却十分伤感的《同桌的你》，让人群中的周细妹泪流满面，最终彻底征服了她。因为这个，因为自己偷偷摸摸的意淫和相比之下宗成赤子般的坦率，站在台下的朱法水愧疚得几乎死过去。

大三结束那年的暑假，宗成和周细妹迫不及待地在学校附近租了一间房子，过上了让无数同学心碎的二人世界生活。朱法水是宗成和周细妹简陋家庭里心碎的常客，有一次，他喝醉了，提议他们三个人一起过——他可以出一份生活费，睡地铺，包揽全部家务活，每天早晨6点钟起床，洗衣裳、做腌面，如果必要，他还可以给宗成和周细妹煮三及第汤，这样，他们就可以在被窝里睡到7点半再起来去上课了。

"哦，可怜的家伙。"周细妹钻出宗成的怀抱，过来搂住伤心的朱法水，同情地摇晃他毛发乍立的脑袋，"我没有两个我，就算有，也只能把另一个交给他，我有什么办法？"

周细妹那么说，回头用深深迷恋的目光看宗成。那段时间，宗成患上了严重的湿疹，他安静地微笑着，坐在床边挠着光脚上的皮屑，回以周细妹鼓励的目光。那次朱法水气坏了，差点没犯浑，杀了最好的朋友。从那以后，他再也没有提起三个人一起过的事情，宗成和周细妹也没有提。

一年后，他们毕业了。宗成没有去边疆。他家里不同意。他妈妈跑到学校来以死相胁，学校只能把宗成的名字从志愿者名单上划掉。宗成没有去火车站接送他妈妈，那会儿，他正忙着筹办婚礼。这个吃独食的家伙，居然在上学期间攒下了两万多块钱，还到处给人发自己设计的印有温暖而又绝望诗句的请柬，不要脸地请同学伸出友谊之手，支援他和周细妹"奔向美好的未来"。婚礼办得相当不错，宗成穿一套订制西装，打着簇新的领带，拉着周细妹，挨个儿感谢到场的同学，宣布他和周细妹从此将奔向光明的人生。那一次，宗成在婚礼上又哭了，显得人非常激动。

五年前，宗成回深圳投奔朱法水的时候，朱法水以为周细妹也会跟来，但没有。

"学校收入唔错，佢辞咗几可惜，再讲，佢爱先企稳脚，唔系生活睇唔到光明。"宗成告诉朱法水。

朱法水差点笑出声来。宗成总是喜欢提到"光明"，他说的光明，不是指他俩的家乡。他俩的家乡有一个温暖吉祥的名字，关于这个，他俩小时候都没有认真想过，等他们长大以后，离开它，去外地闯荡，或者再返回家乡，但他们是奔着别的光明去的，半点都没考虑过家乡这件事。朱法水有一次想，这算不算某种巧合？比如，他们的家乡，还有别的什么地方，它们之间会有一些相似之处？如果是，作为域名的光明和作为形容词的光明，两者之间是否有一个公式，可以测算出来？

朱法水并不知道，他在想着光明这件事情的时候，宗成和周细妹的关系已经破裂了，宗成辞去公职离开林业厅，不光是仕途受挫，他和周细妹的婚姻，也走入了绝境。后来，周细妹寄来离婚协议，宗成跑到朱法水家里大哭了一场。

"唔好同佢提乜光明，佢乜计都唔信！生活系个屁，光明系个屁！"

那一次，朱法水以为自己会很难过，会忍不住发作，在宗成啜泣着用一支一块两毛钱的水珠笔在离婚协议书上签下自己名字时，他会狠狠出手，把宗成打成肿胀。可是，那种愤怒的感觉一点也没有到来，他没有对宗成动手。他莫名其妙地站在那里，觉得爱情没有传说中那么厉害，它什么也战胜不了，它连自己都保护不住，它根本不存在丝毫定律。朱法水那么想过，默默地转身离开，去卫生间里找来一卷包装上印有"俾自己的亲人用原生纸"宣传语的卷纸，手抄在裤兜里，百无聊赖地站在一旁，看宗成不断地擤鼻涕，直到用完那卷纸。

很快，宗成组建了第二个家庭。

一个男人拥有的最具价值资产，不是权力、金钱和外貌，而是他从来不满足于现状，不把自己看成一个抽雪茄喝咖啡的成功者，对外界充满着好奇心，具有探索精神并且敢于冒险。宗成正好拥有这个资本，他是典型的探索者，精力充沛，而且敢于否定自己，乐于取悦他人，让老人和孩子感到亲切，他这种人，闲不下来。

宗成的新妻子是公司一位年轻员工，销售总监三个助理当中的一个，负责跨境特卖和保税区直邮业务。

"汝讲乜计回事，姖都姓周，但系比周细妹好睇。"宗成兴奋地对朱法水说，感谢老同学在自己最困难的时候收留了自己，给自己带来了新的人生，他希望老同学给他当主婚人。

朱法水对这位姓周名戈，细腰丰臀的销售总监助理印象不深。公司有很多漂亮女员工，她们在公司任职的目的不是为了展现POCH容貌分类法或者皮－弗身材指数，而是创造商业利润。他勉强记起，有那么一次，这位后来的宗成太太送文案到他办公室。他坐在办公桌后面看文案时，她就站在办公桌前盯着他看。他觉得脑门上一个劲地发凉，潜意识里突然有一种提防被咬上一口的警惕，快速从文案上抬起头，防范地看了一眼近到体味都能嗅出的女下属。员工周戈的确漂亮，有一双漆黑的眸子，身材出众，掐腰磁器花瓶似的，那是朱法水唯一一次注意到她。

宗成再婚后，朱宗两家常有来往，两家的女人成了闺密，整天在微信上讨论孩子问题，互相推荐绿色食材和理财产品。只要有时间，两家人会一起去听夏季音乐会，连续四年的十一长假，如果两家不是在自驾游的路上，一定是两个男人穿着冲锋装，背着可外挂帐篷和睡袋，半拎着连跌带扑的孩子，女人系着魔术头巾、背着食物袋参加七娘山徒步穿越。

去年秋天，他们去广州看劳埃德·韦伯的《歌剧魅影》。两家人开一辆保姆车，朱法水担任司机，女人和孩子挤在后面两排座位上，宗成在副驾座上挺着胸脯大声唱"覆水难收"，就是魅影逼迫克里斯提娜做出选择，要么用拉乌尔的性命换取自由，要么嫁给自己那一段。他还学着魅影的样子，探过身子，和后座上哈哈大笑的前销售总监助理接了那个"意味深长的吻"。朱法水的那位则把一只手搭在朱法水肩膀上，轻轻爱抚了一下。说实话，朱法水挺怀念那段时光，它充分证实了一个人对生活保持信心和相应的努力有多么重要。这段日子保持了五年，正好和宗成的第一次婚姻同样长。

事情得由今年过年前说起。那天，宗成心急火燎地提前从澳大利亚返回，约朱法水到中心书城紫苑茶舍说话。朱法水以为宗成惦记着老婆孩子，赶回国来过年，但不是。宗成告诉朱法水，在风景优美的大堡礁，他和一位在那儿潜水的澳门姑娘邂逅了，两人一见钟情，关系进展快速，他发现自己爱上了对方。

"结束同姫嘅关系！"朱法水毫不犹豫地向朋友下令，"唔喺周戈量边办，细路量边办？哼哼只得两岁，再讲，周戈仲打算生二胎。"

"汝讲嘅冇错，仲有哼哼，其连牛栏山牌奶粉都唔饮，凭乜计长大？"宗成暴躁地冲朱法水发火，"佢点知会发生呢啲事干，如果佢知生落嚟会遇到呢啲湿滞，佢会提前扎好安全带，将自家锁入保险柜里。汝唔使俾佢来哩一套，汝教训佢教训得太多，汝到底想佢量边办？佢去吊颈嗌系割脉汝觉得够味？"

"够个屁！"朱法水火了，不听宗成胡说八道，"阿聋送丧，听唔倒汝吹死人笛，汝敢做试一试，佢打烂汝身皮！"

"唔好嬲气了，就算汝将偲打成阿跛也冇用，"宗成大义凛然，把给朱法水老婆孩子买的澳大利亚绵羊油和土著人飞镖丢给朱法水，"我谂姫，我爱娶姫。"接下来，在朱法水没有来得及愤怒到把茶海中冒着热气的生普泼在他脸上之前，他急切地挪到朱法水身边，握住他的手，眼眶里噙着泪说，"偲哋咁多年，汝唔得抛弃偲，唔可以眼睇住偲去死，爱帮偲。"

很难想象理性和情感同处一室的情景。多年以前，当宗成把周细妹弄进城中村一间出租房，两人钻进一个被窝里，并且拒绝朱法水和他俩同室而居之后，朱法水就深深明白了一个道理，没有人把自己的生活出让给他人，这种事情，你想也别去想。但人就是这么一间凌乱不堪的房子，人们总是把不该放在一起，不能放在一起的东西拼凑到一块，把自己的生活弄乱，很多时候，还做不到把它们区分开。比如宗成，他此行不光在清澈的海水里泡上了中国澳门籍的潜水姑娘，他还在德国、澳大利亚和奥地利签下大量订单，让公司的利润报表上显示出强势的增长势头，毫无悬念地使公司的股东们兴奋异常。但危险仍然在，一个家庭的毁灭就在一念之间，而这件事，除了宗成，没有人会不在意。

在反复核实过宗成对中国澳门籍潜水女是认真的，并且剁哥蛇上树不转头之后，朱法水决定出手帮助朋友。有些事情不能让它继续下去，没有人能从中得益。但他不知道怎么帮。他怨气冲天地想，宗成就像那个生活在湖心的黑暗世界中的魅影，不知道他才是自己的魔法师，他会执迷不悟地往前走，直到把事情彻底搞砸为止。

宗成再度陷入一段新的感情，是一个月以后的事情。这回不再是那个大堡礁的澳门潜水女子了，而是另一个。对再次出现的爱情，宗成显得有些困惑，但又异常兴奋，眼睛里燃烧着两团炽烈的火焰。他一点也不向朱法水隐瞒，把桃花运的来龙去脉全都告诉了自己的朋友。

事情听上去并不复杂，丙申年春节刚过，元宵节第二天，宗成去新世界大厦一家业务公司办事出来，一个女孩在大厦前的马路边焦急地向路人打听某家公司地址，她的面试时间快到了，却还在茫然无助地寻找公司地址。她是那种不谙世故的女孩，二十出头，穿一身阿迪牌弹力针织包臀裙装，配套的连帽卫衣上缀着时尚镂空元素，领口开到恰好能够看见乳沟，显出一副勾魂摄魄的好身材，看上去青春娇俏，惹人怜爱。在迅速完成对野外景观物的目测之后，宗成揽下了这份活。天怜尤物，他有责任告诉女孩应该怎么去她应该去的地方，只是，因为下意识的预警，他犹豫了一下，没有告诉她，他正好从她要找的那家公司办完事出来，那家公司与他的公司有业务往来，而且，它的总经理和他是同一个"全马"队的队友。

事实上，好事从来就不会错过，宗成和那个女孩又见面了。仍然在新世界大厦。一周以后，宗成去生意合伙人处敲定合同，将车驶入地库，看见女孩背着一只黑色的韩版牛津布双肩包，蹲在一辆红色宝马 4 系前伤心地哭泣。她泊车时把保险杠擦伤了，问题在于，那是她向同学借来的车。

"我干吗要那么虚荣呀？我活该。"她抹着泪毫不留情地吐槽自己。

宗成很快帮助女孩处理完事故。刚来深圳？没关系，来的都是深圳人。车主投的是人保还是平安？别担心，30 秒精准报价，24 小时内完成理赔，她只需要给保险公司打一个电话，事情就全部办妥了。好了，她愿意使用他的纸巾，把脸蛋儿上的泪痕擦一擦吗？

他俩坐在他的车里，等待保险员赶来。接下来，他知道了女孩的不少事情。女孩大学刚毕业，来深圳寻找发展机会，一周前接到面试通知，却怎么也找不到应聘公司所在位置。现在，她是那家公司的试用员工，她非常满意那份工作，她觉得自己的运气好到难以置信，她有信心坚持到三个月试用期满。宗成微笑着听女孩兴奋地表达着对这座充满活力的城市的喜悦，不易觉察地打量她。他看出来了，她不怎么容易记住坏事情，一点小小的转机就会让她开心起来；而且，她的确有那么一点小小的虚荣——这是可爱的女孩所以可爱的小秘密——不光是她向当模特的同学借仿版车的事，她背着的那只双肩包也是高仿。

事情发展得有点快，宗成说不清楚，在他和女孩两个人中，到底是他，还是女孩，他俩谁先开始在微信里向对方调情。"冇用爱种眼光看佢，佢知道你想打佢，你局我气。"他真诚地对朱法水说，"知冇，姐从唔同佢暧昧，姐唔系汝想嘅嗰种老于世故嘅熟女。"

宗成举例说明女孩不谙世故。据他回忆，他和女孩约会的第三次，女孩就挑破了两人之间那层纸头。"你不必费力赞美我的口语发音，也不用给我普及前海保税区快马加鞭的建设局面，"女孩脸上浮现出一种让宗成感到自惭形秽的嘲笑，"节约点时间吧，看你的眼神就知道，你一直在想我脱掉衣裳时的样子。"

让人惊讶的是，女孩也姓周，叫周聪颖，重庆人，说一口脆生生的川普。

对宗成再次陷入情感沼泽这件事，朱法水未作一字评论。蚝田有界，海水无边，宗成精力充沛，不会在一个地方长期停下来，他能说什么？能拿旅鼠般每20天就发情一次的宗成怎么办？他自己没有快速进入和离开一段感情的经验，无论理想还是实践都说不上，自然无话可说。何况，如果考虑到宗成不可能只是在业务上这么出色，他是那种从来不让激情停下来喘口气的人，他在别的方面也同样精力充沛，事情就好理解了。

宗成第一次离婚后，朱法水和周细妹见过一面，在北京。他们在一位分配到农业部的大学同学家里无意间碰上。周细妹人显得憔悴，嘴角有点变形，说话语无伦次，完全看不出昔日甜妹的样子。朱法水一进门，同学就把他拉到复式套间的上层露台，掩上门提醒他，不要问周细妹工作的事情，在和宗成离婚后，她就开始酗酒，因为酒精中毒，患上了震颤性谵妄症，数次脱敏治疗都以失败告终，加上和一位同性老师间不清不白的关系，被学校解雇了，现在靠辅导有阅读障碍的学生维持生活。

"唉，那个时候，我们都追过她，我记得，你也是其中一个。"农业部的同学感慨道。

回到楼下，周细妹主动找朱法水说话。朱法水提醒自己，不去看他当年在中国名花课上充满感情偷偷画过的那双腿。他们说到宗成，说到曾经发生在宗成身上的一件往事。读大学的时候，有一段时间，宗成疯狂地迷恋上了许巍，整天在宿舍里刷一把从垃圾堆里捡来的破吉他，像发情的短毛猫那样嘶吼：

那一年你正年轻
总觉得明天肯定会很美
理想世界就像一道光芒
在你心里闪耀
怎能让不停燃烧的心
就这样耗尽在平庸里
你决定上路离开这座城市
离开你深爱多年的姑娘

......

可是，当宗成勒紧皮带，花一个月的生活费冒着大雨听了一场摇滚浪子的现场音乐会以后，他彻底失望了。

"佢做乜计咁样？"他站在朱法水和周细妹面前，脏兮兮的头发被雨水贴在额头上，一脸困惑地质问他俩，"做乜计似冇睡醒咁样企喺舞台上一啷唔啷？其做乜计似棵树桩子？做乜计唔喺舞台上生长？"

"他太想成功，太想照亮自己，就这样把家里的钱全折腾空了。"周细妹愤愤地质问朱法水，在这一点上，她和前夫年轻时的口气一模一样，"为什么非要这样？难道，除了每个人都在拼命挣到的那种成功生活，人就没有别的活法？"

周细妹后来承认，宗成就是这样的人，他讨厌站在舞台上光张嘴唱，不动弹，讨厌生活停滞下来，他是那种一往无前的人，就算被悬挂在生活的枝头上，也像一枚吸吮了太多大地滋养的果实，饱满无人能及，成熟无法阻拦，他这样，的确应该成功。

朱法水事后想，还有一点周细妹没说，除了对成功的强烈诉求，宗成还是一个兴冲冲的冒险者，否则，他就不会像执着的克里斯提娜一样，无畏地穿过水晶试衣镜，跟随魅影进入湖心中的地下室了。

宗成和那个叫周聪颖的重庆籍公司实习生的关系进展

得很快，春天还没有过完，他俩已经到了每天不见面就过不下去的程度。宗成毫不掩饰地向朱法水宣布，他深深地爱上了降临在他命运中的天使，也许还没到谈婚论嫁那一步，但他终止了和澳门籍潜水员的交往，这么不容易，但他做到了，当然，他因此付出了一笔不菲的代价。

"真系可笑，大堡礁1500种鱼，偎唔可能同每只鱼拍一拖。"他怀着愉快的心情告诉朱法水。

"邀个伴去跳楼嘅事，偎信，两个人好到爱结婚，哩种事边有咩?"他在电话里用嘲讽的口气对澳门籍潜水员说。他没有向对方提起他曾经的决定，他说过要娶她，这个六月芥菜不长心的家伙，他把这件事情完全忘记了。

是蛇一身冷，是狼一身腥，朱法水拿这样的宗成无从下手。问题是，这段时间，朱法水自己也陷进一场不雅关系，这让他显得有些力不从心。

简单地说，在宗成与重庆籍实习生热恋的同时，朱法水认识了一个女人。她叫辻乐乐。那未必是她真名，但他默认那就是。他们是通过一桩生意认识的。她负责为朱法水的公司处理一件危机业务。她所在的公司很快完成了调查，派她来进行最后的收尾工作。她有一张光洁的脸蛋，看不出刻意的化妆，看上去年龄比实际年龄小很多。实际上，她已经过三十了。

"我一半工作在床上同盥洗间里完成。"两人认识不久，辻乐乐就直率地告诉朱法水，她有一个同居三年的男友。

对方是一名台湾的起司蛋糕师，在益田假日广场和人合伙开了一家起司店。他俩生活上完全独立，经济上采取 AA 制，单月周末男友来她的公寓，双月周末她去男友的公寓，其余时候她独处着，并且喜欢这种状态。她需要随时处理和更换公司转来的信息，由此寻找下一步工作的契机。

"每天花三到四小时通过网络服务器处理工作，"她解释自己的工作方式，"红太狼（她男友的绰号）从不过问我的工作内容，也不翻看我的手机记录，这是我俩保持相安无事的条件。"

辻乐乐的工作有一定危险，公司为她配了安全顾问，要求她每次出门都带上 GPS，防止安全顾问跟丢。朱法水怀疑到底有没有这个必要。辻乐乐表示，只有一次安全顾问派上了用场，那一次，失去理智的客户从车里拽出破窗用的救生锤，她躲闪不及，受了伤，右肩胛骨被敲碎了，客户很快被冲上来的安全顾问揍得鼻子开花，断了两根肋骨。

听她一说，朱法水吃了一惊，同时脑子奇怪地转了个弯，一下子就理解宗成了。没有人一生中不出现低谷和绝境，只是，低谷和绝境不会为此向你道歉，你得随时保持警惕，有时候，如果你来不及破网而出，就会为此付出惨重的代价。

辻乐乐大学学的是生物技术，她兴趣广泛，能做一手辛辣调料的菜，会下国际象棋，跆拳道红黑带，而且，她不光在自己的公司担任重要工作，还在电台有一份幕后兼职，就是那种在频道上和听众互动，专门用大脑化学、发育生物学和基因理论回答边缘人格人群提出的古怪话题的工作。

朱法水确信自己不是边缘人格，也不想和辻乐乐把关系深入下去，两人最后弄成咨询者和传播者的关系。看得出，辻乐乐也这么想。他俩都不缺乏理性，处事谨慎，在进入一间彼此都不打算住下来的房间时，不会查看房间里的任何抽屉，并且把窗户一一推开探头朝外面。除非某个人主动提及，他俩从不打听对方的信息，更多的时候，他们就像一对谈话对手，哪怕在床上。

有一次，他俩谈到男色消费这个话题。也许和自己职业有关，辻乐乐被触动了，发表了一番长篇大论。按她的说法，女色消费是男权社会的基本形态，它遮蔽了一个事实，男色消费的历史更长，更有市场，比如古代的潘安、嵇康、阿喀索斯、奥古斯都，当代的奥巴马、拉丹，以及如今充斥着个人终端的本尼迪克特·康伯巴奇、老干部和小鲜肉。

"你不会在暗示你的工作吧？"朱法水怀疑辻乐乐是因为这个，才接受了她的公司的那份职业。

"我喜欢职业经历中的心灵体验。"辻乐乐说，"我适合做这份工作。"

"包括和我躺在这儿？"朱法水有点警惕，他知道这么问其实只能让自己显得更幼稚。

辻乐乐光洁的脸上没有丝毫愠怒，她好脾气地笑了笑，突然兴奋起来，光着身子钻出被窝，把弄乱的一绺短发挼到耳边，从朱法水嘴里抽走燃着的香烟，吸一口烟，把烟还给朱法水，下床去冰箱取了一听"茶物语"。

"来做个游戏吧。"她以一种优美的瑜伽式盘腿坐在地上，打开饮料，啜饮了一小口，"我研究过你的生意。没别的意思，我必须了解客户的背景，现在，我们来看一看，那里面都有些什么。光是在内地，你每年潜在的客户就会增长 1600 万，有 2 万亿的市场供你开发，看上去，你眼前一片光明，无所不能，"她坏笑着眨了一下眼睛，"可是，你能告诉我，你每一个客户的具体情况吗？"

"指什么？"朱法水开始对这个话题感兴趣。

"他们的真实生活。"辻乐乐啜着饮料，让自己坐得更舒服一些，阳光在她的身上投射出一圈迷人的光环，"比如，某个孕早期准妈妈是否害怕与先生同房，而在先生上班以后，一个人在家里使用安慰器；某个刚开始哺乳的大龄产妇是否担心你的月嫂中心推荐的月嫂的湖南方言口音会影响自己的乳汁质量？某些年轻的爸爸是否有过吸毒史，他们会因为没有完成肛欲期成长，难以成为合格的爸爸而内心苦恼？从零岁时就购买你系列产品的那些小宝贝，他们是不是通过体外受精，或者借腹产来到这个世界的，他们的中产阶级父母是否正在婚姻干预专家的办公室里接受财产分割调解？还有，你有没有和你的客户分享过人生带来的苦恼和喜悦，并且对他们表达过怜惜和悲悯，他们有没有向你倾诉他们的内心世界，并且寻求你在情感上的帮助？"

辻乐乐的话让朱法水沉默不语，不得不承认，与其说她的游戏让他惭愧，莫如说让他愕然，因为，她说中了他，同时也说中了公司的软肋。十多年过去，公司积累了大量原始客户数据，两年前，公司开始引入统计学管理，建立了数据研发中心，向客户索取诸如"希望孩子日后成为爱因斯坦、普京、达利还是贝克汉姆"的调查问卷，然后聘请华南理工大学的科研人员研究供给与需求、信息与确认课题，给出对应的购物模板。对从事制造业和服务业的那些外省来的低收入人群客户，他们推荐5岁签约曼联队的查理·杰克逊、7岁成为英国财政大臣顾问的奥斯卡·塞尔和9岁在微软谋得职位的阿尔法·卡里姆·拉德哈瓦的类型产品营销策略，而对越来越多受过高等教育的年轻父母，他们则采取4岁指挥交响乐团演奏《电闪雷鸣波尔卡》的强纳生、12岁攻读博士学位并着手挑战爱因斯坦相对论的雅各布·巴内特和14岁成为共和党未来之星的乔纳森·克罗恩这一类定位模板。应该说，公司在这方面干得不错，他们甚至先行一步，把目标客户扩大到包括生育控制人群的全商业范围，比如同性恋领养者、艾滋病患者和自由性爱人群。但遗憾的是，因为课题涉及知识产权和在线限制原因，他们只能整体地研究数据，无法研究单个客户的资料，也不与任何个人客户直接交往，理论上，他们无法进入客户的具体生活。

"我能。"辻乐乐美丽的眸子中闪烁着满足的光芒。她身体笔挺，饮料放在两腿间，让皮肤享受着人工冰块制造出的冰凉，"差不多每个女人都喜欢爱马仕铂金包，可没有人在意它的名字的由来，你不觉得这很奇怪？"她问朱法水这个问题，却并不需要他的答案，"我从不使用爱马仕的品牌，我只是怀念那个叫 Jane Birkin 的歌手，还有她和她的搭档 Serge Gainsbourg 演唱的那首禁歌，《je Taime，Moi Non Pius》。"

辻乐乐告诉朱法水，按照理解，她最好的职业经历应该是顺利完成合同，并且毫发无损地结束工作，实际上，这很难做到。工作要求她必须和客户建立某种亲密关系，于是，人们就怀疑这里面有潜在的人格构成作祟。他们忽略了一件事情，报酬当然重要，从业者的喜好更是不可忽略的条件，否则，职业经理就是最大的人格戕害者。但是，这还不是事情的全部内容。她的确选择了一项她认为适合自己的工作，就是人们通常说的，喜欢，同时又能挣很多钱的职业。她没有透露她的报酬，从公司收到的预算上，朱法水大致能够推测，她的报酬不低。而且，她的工作的确如她所说，比他知道的任何商业工作都具有渗透力，能够进入客户的真实生活。

"世界越来越开放，生活提供了前所未有的条件，似乎没有什么人们不能进入的领域，可是，人们怎么在生活？"她像一个和孩子津津有味地玩着游戏的幼儿教师，诱导朱法水回答问题。这一次，她需要他给出答案。

　　"以一天时间计算，在汽车、地铁、写字间和个人终端上用掉12小时，在饭桌上用掉5小时，剩下的7小时花在床上。"朱法水猜测她要的是这个答案。

　　"还有比这个更要命的，新的社会阶层和团体，你得把它们计算在内，"她点点头，表示欣赏朱法水对游戏程序的把握，"作为利益共同体，它们有不同的口味，那是水泼不进的阵营。它们创造出互联网，用欢乐的信息暴力和甜蜜的抉择障碍把人们变成宅男宅女，人们越来越依赖无所不能的软件和搜索引擎，而不是大脑，最终人们只剩下一个信仰，数学。于是，'人们'不见了，你能看见的只是一个个割裂开的人，现在你觉得，世界真的是开放着的吗？"她低头看了一眼饮料罐外壁上挂着的一颗颗小水珠，像是在询问它们，"如果你注意过那些抱着快餐盒出门去垃圾桶边的可怜家伙，看看跟在他们身后那些宠物猫狗的眼睛，就会知道，那些已经在公共信息中死去的僵尸有多么缺乏生气，他们的宠物有多么不情愿。"她抬起眼睛，目光熠熠地盯着朱法水，"社会在进步，人们并没有获得加权值，他们越来越多的成功与自己的生活完全没有关系。有件事情你肯定没想过，那些宠物和数十亿个人终端背后的主人，理论上，全都是单身狗。"

辻乐乐告诉朱法水，数据里的人们就像街头公厕一样，千篇一律，她不想生活在这样的虚拟人群中，她要的是真实生活，真实的他们，具体的说，她要进入客户的情感生活，了解他们的真实生命，如果可能，她甚至希望进入他们的灵魂。

"别笑，这种事情的确发生过。"她没有告诉朱法水发生了什么，只是告诉他，灵魂并不像人们说的那样圣洁，它们很容易被侵入，至于身体，那不过是完成灵魂穿越的媒介，证明她侵入的过程是真实的，她的客户也是真实的智人，而不是被输入芯片里的制式化程序。

"你说真实侵入，指的是，"朱法水提醒自己不要随意涉及敏感话题，但这会儿，他必须提到这个，"感情？"

"你是说爱情。不，别轻易提这个词，它在身体的最远端，替代它的往往是另一种社会游戏。"辻乐乐目光冷峻，飞快地看了朱法水一眼，"在游戏中，游戏双方或多方同时扮演猎物和猎手角色，怀着一颗虚拟的愿望进入丛林，按照现实规律伤透彼此的心，没有几个人能从逐猎中完整抽身。游戏者并不知道，他们不过是多巴胺、雌激素和催产素、5－羟色胺和睾酮的傀儡。"

她那么说的时候，有一瞬间，光洁的脸上掠过一丝伤感，但很快的，她让它们消失掉。她拿开腿上的饮料罐，起身走到床边，开始穿衣服。

这么说，岂不是很矛盾？她进入客户的情感生活，了解他们的真实生命，可是，她并不相信这套游戏法则，那么，她又怎么进入他们的灵魂？朱法水并不打算质证心里的疑问。如果她不主动谈到，他什么也不会问。

昨天，他俩见了最后一面。辻乐乐完成了她的工作，但她不能去朱法水的办公室。俩人约了罗湖的静颐茶舍辞别。公司在武夷山某处溪壑边收购了一百多棵老茶树，茶叶冲泡出的汤色澄黄明亮，让人相信，生命中的某些枯萎其实是假象。他们喝了一泡朱法水特地带去的私房茶，说了些业务上的事情。辻乐乐提供了全部的工作资料，事情的确有些棘手，但她处理得很好。然后，她拿起她的黑色牛津布双肩包，起身告辞。

"你也该回家了。"她冲朱法水笑了笑，说。

朱法水知道。他平静地看着她，告诉她，他知道。不是说他一开始就明白，他们只是一种业务关系，他从来就没有打算和她发展下去。世上没有必赢无疑的游戏，她是她公司里的顶级员工，负责处置的都是棘手的业务，这意味着，她会和几乎所有的目标客户上床，她的公司也会因此收取不菲的费用。他知道，下一周，公司就会收到她的公司开出的清单，也许他俩上床这一项不见得会收费，这取决于她会不会向她的公司列出这项业务，谁知道呢。

"我知道，你有问题想问，"他把她送到电梯间时，她站下来看他，"你想问，从你这儿，我能得到什么，对吧？"

她的确聪明。实际上，这是他唯一想问的问题。

"还记得，你曾经给我说过许魏的事情吗?"她看了他一会儿，说，"我从没注意过他。他不是我这个年龄段喜欢的。你提到他后，我下载了他所有的歌曲，用一个晚上听完，然后，我听到了一首《少年爱情》。"

朱法水看着她。

"每当我感觉到你，就让我找回孩子的天真;"她背出歌词，"每当我感觉到你，我会深信这一切。"

朱法水胸口被什么东西狠狠撞击了一下，有些早已遗忘的往事瞬间浮入脑海。

"我告诉过你，我会进入客户的生活，你可以把它看作偷窥，但这是世上最温柔的偷窥。我不想从人们那里偷走任何东西，只是好奇，是什么在驱动人们，或者阻止他们，让他们在生活的某一处地方拐了个弯，或者停下来，让他们的生活成这样，而不是另外的样子，那中间到底有什么奥妙。"

"你是说，人生有某种公式?"

"也许没那么刻板，但是，我注意到一件事。"

"什么?"

"你和他从一个地方来，一定有某种联系，我想知道那是什么。"

"那么，你知道了?"

"没有。"

"有点可惜，对吗？"

"那倒未必。我在想，只不过有些事情，他去经历了，而你没有，但并不等于你们的人生就是两样的。"她释然地笑了，笑得很灿烂，伸手按住电梯开关，头一回，她冲他顽皮地嘟了嘟嘴唇。看上去，她是那么的青春娇俏，惹人怜爱，"你放心，我不会在客户的生活中逗留，我甚至不会在自己的生活中逗留，我是扬头族，这世界够我偷窥的，你不会再看到我了。"

她朝他挥了挥手，消失在电梯门后。

朱法水在电梯间又站了一会儿，然后回到茶舍去结账。

天色已晚，朱法水和宗成喝光了十小瓶二两装劲酒，他俩都有点醉了。塘朗山黛色越来越浓，天螺峰在远处，那里有一些在这个季节还没来得及启程返回北方的白腰杓鹬，它们会在天黑之前从南边的深圳湾湿地陆续飞来，降落在带有毒性的相思豆丛中。潮湿的休闲路上，一条萨摩耶犬和它高大的主人过去了，然后是一条肥胖的巴哥犬和它消瘦的主人、一条被遗弃并且在轻声哭泣着的冠毛和一只好奇的钢蓝色羽翼噪鹃，它们分别从他俩面前走过和飞过。

宗成终于停止了哭泣。朱法水问他，好点了吗？他点点头，用力擤鼻涕，看上去的确好多了。

"侄应该点好？"宗成一副颓废劲儿，绝望地看着朱法水，"佢真系爱周聪颖，佢从冇咁爱过一个人，姖点可以拒绝佢？佢宁愿去死。"

和整个过程中表现出的一样，朱法水沉默着，没有回答宗成的话。

就在昨天，当宗成欲罢不能地陷入情网，并且为此打算破釜沉舟，再一次奔向光明前程时，重庆籍实习生周聪颖突然变了脸，拒绝与他保持继续来往。女孩子将一只U盘甩在宗成脸上，愤怒地指责他一贯制的不检点和不承担。她骂他是懦夫，警告他离她远点，同时别再纠缠其他女孩子，否则，她将把U盘里的内容发到共享空间中去，让他吃不了兜着走——他应该记得他们在一起的那一次，她为小小的抽烟恶习深感不安，请求他的谅解，而他快乐地放任她点着了香烟。那支打火机是相机，而那盒香烟是针孔摄影机。

但是，朱法水知道宗成在撒谎，至少对周细妹和周戈，他说他宁愿去死，他这么说不公平。宗成和所有人一样，没有一天不在爱，却并没有因为失去它们死过一次。人们每时每刻都准备去死，但人们越来越多，地球不堪重负，这就是现实。朱法水当然希望宗成能够像魅影一样，战胜内心的恶魔，要么走出湖心地下室，要么彻底从歌剧院消失掉，毕竟，所有艺术作品都在向人表示，无论邪恶的爱的力量有多么强大，造物主的光辉终将拯救魅影迷失掉的灵魂。

"就当自家做咗一个噩梦，唔过，诶个噩梦仲算过得去。"朱法水将垃圾装进塑料袋里，拎在手上，从禁钓警示牌上起身，然后，他打破沉默，对宗成说了他在这个事件中唯一表明态度的话。说这句话时，他没有看宗成，而是面向水库，好像这话不光是对宗成，也是对水库里那些幸福的鱼们说的。

朱法水搀扶着宗成，他们离开水库，往水库下走。两人脚步不那么稳，但也凑合。

在走下长长的水库台阶时，朱法水想，那个同时化名周聪颖和辻乐乐的商业谈判公司顶级诱捕手，她眼下在干什么？如果在工作，她那些数目不详的客户都是些什么人？他们的生命有着什么样的公式？而她自己，算不算公式中的某个因素？他还想，他不会再和她见面了，只是，作为已经晋升到公司营销副总监的周戈，她掌握了大量重要信息和资源，如果家庭解体，以她黑得彻底的眸子，细腰丰臀的磁器命相和玉碎规律，她不会不下恶手报复，那样的话，公司多年的打拼就全完了，他必须阻止这种事情的发生。还有，他无法断定，在接下来的时间里，宗成是否会再度进入一段"逃脱不掉"的感情，自己会不会再次启动危机干预程序来解决这类麻烦，或者，他不得不和两位原始股东私下达成协议，从宗成手中回购公司股份，请他和夫人一起离开公司，以便彻底阻遏公司发展道路上的危险障碍，这些事情，他都说不清楚，但有一件事情他能肯定，周细妹回不来了，日子又过去了几年，如今，她那双又细又长的腿，恐怕早已被生活折磨得弯曲，再也站不直了。

2016 年 2 月 22 日

于深圳数叶轩

我现在可以带你走了

之前，她看过一部文艺范十足的喜剧片，片名叫《遗愿清单》，主人公爱德华是富甲一方的大佬，他和另一个主人公，汽车修理工卡特身患癌症晚期，生命走到尽头，两个倒霉蛋不服气，在病房里挂着水列下一份愿望清单，溜出医院，一路吵吵闹闹去完成清单内容，用放肆和疯狂迎接了死亡。

看电影的时候，她落了好几次泪，哭一会儿笑一会儿，觉得这两个老家伙挺值。

大概因为这个原因，当她随意在闺密圈问了一句"谁推荐个可以换份心情的去处啊"，叶赫那兰很快上传了一份取名为"愿望清单"的旅游产品，建议她不妨看看，那个熟悉的产品冠名，让她立刻想到电影中两个地位悬殊的老男人，闭上眼，耳畔就响起年轻的马修背着骨灰罐往蓝到令人窒息的珠穆朗玛峰顶上攀登时清晰的喘息声。

连续高强度地工作了九个月，人差不多快要疯掉，正好有两个月休假，她毫不犹豫地下载了这份圆梦之旅商业书，回了叶赫那兰一个笑脸，打算了解一下产品内容。

　　天气晴朗，湿度66%，PM2.5低于3。她结束半小时的晨练，冲了个凉，换上干净的居家装，走进采光良好的开放式厨房，打开环绕立体声，从果篮里取出两只新鲜橙子，热水泡去表面的保鲜蜡，为自己打了果汁。她把冒着新鲜气泡的果汁倒在一只干净水杯里，靠在整洁的整理台边，听Zella Day唱《1965》：

　　　　你从眼角看我舞动
　　　　看我像1965年那样舞动
　　　　你轻抚我的脖颈
　　　　你真是个可爱的宝贝
　　　　从来没有人这样抚摸我
　　　　仿佛我那么易碎
　　　　……

　　她心情愉悦，身体松弛地靠在那里，慢慢把水杯里的橙汁喝光，决定今天不出门，中午做一顿美食，犒劳犒劳自己。她把Zella Day梦幻般的声音设置在循环挡，回到卧室，打开临海一边的窗户，滑上窗边的悠闲椅，挪动身子，让玲珑光滑的脚趾接住一缕阳光，享受海风抚过肩胛的惬意。她有一副曼妙的肩膀，胛骨突出，锁骨明显，让她显得很迷人，这也是为什么大多男人在看见她时，会有一瞬间思维短路的原因。

壹加壹从自己的小屋里跑出来，踩着肉垫小爪跳上她的膝头。它是一只25厘米高的5岁冠毛犬，约克郡一位仰慕者送她的礼物。她拍了拍它的脑袋，打开Surface4，快速浏览下载的那份文件。

这个叫"愿望清单"的旅游商业书，它由一组游戏性很强的程序组成，显然，它不露声色地迎合了年轻客户的体验心理。她30岁，不年轻了，至少不如她要想的那么年轻，但她仍然觉得这份商业书在讨好她，因此感到心情愉悦。

看上去，游戏很简单。这也适合她。九个月来，她像锦鲤一样，被公司摁在世界各地水族箱一般封闭的各种会议室里，只身对付那些恨不能一口吞掉她的可怕的美洲蓝鲷对手，试探、争执、僵局、让步、交换、攻击、转折、提供原则，另辟蹊径。有时候，她不得不白天黑夜地连轴转，直到凌晨时分才疲惫不堪地回到酒店，点一份送餐，然后修改方案，在太阳升起的时候冲一个热水澡，换上干净衣裳杀回会议室，为此脑氧耗尽。现在，任何复杂的程序都会让她反感和呕吐，她需要简单。

她开始一条条看说明书：

客户进入如下假定情节：我们假设，您的生命已经走到尽头，你将离开这个世界……

她下意识地抿了抿嘴，在心里笑了一下。一开始她就被说明书吸引住了。它的设计者是个聪明的家伙，知道怎么引诱客户，如果他们在谈判桌前遇到，她会欣赏地多看对方一眼。

她继续往下看：

……在离开这个世界之前，请认真想一想，然后列下一份数目为5的"愿望清单"，凡是您愿望中的对象都行。比如，2016年4月3日晚维多利亚海面的月亮、秦时明月汉时关的长城，或者别的让您耿耿于怀的对象。现在，请确定，您有权利带走TA们……

她沉默片刻。显然，它有一种罕见的孩子气质，天真，顽皮，完全看不出是一份商业旅游产品，但那之下，却深藏着某种内涵。壹加壹敏感地抬头看了看她。它有一双亮晶晶的大眼睛，粉色皮肤上配着几块咖色魔点，身体柔软无毛，只有头顶上有一篷松软的可爱冠发。说到孩子气，它就是她的孩子，如果犬类也可以成为人类的孩子的话。

她继续看说明书：

……请您用清水惬意地洗个脸，吹一声口哨，现

我现在可以带你走了

在，根据您列出的"愿望清单"，请您依次前往清单中对象所在地，让自己和您的愿望对象们见面……

有意思。如果清单中的五个对象所在地离得很远，比方说，它们分别在爱德华王子岛、科尔多瓦、斯堪的纳维亚、昆士兰和圣迭戈，那就是一次漫长的环球旅行。用不着多想，这样的旅行一定是不可控的，不但会像爱德华和卡特的那趟旅程一样，出现"欣赏最壮丽的风景""目睹奇迹的发生""大笑到流泪"这样令人惊讶的奇迹，还会出现"亲吻世界上最美丽的女孩""激起心中的邪恶"和"违法"这样激动人心的遭遇。

她喜欢这个设计。

她继续看说明书：

……现在，请您准备好，对您选择的对象说出下面这句话：

"我现在来带你走，从此以后，你就属于我，不再属于别人了。"①

等等，她对自己说，脑海里冒出一个古怪念头：如果

---

① 如果您恰好是个羞涩的人，不好意思对您的愿望对象说出上面这句话，或者某些原因让您无法开口，没关系，您可以深情地看着您选择的对象，在心里默默对 TA 说出这句话。

愿望清单中的对象不是人类，而是一件物品，或者比物品更抽象，是一种意象，会怎么样？她停下来，视线从平板上移开。她觉得这种可能性不是没有，很多时候，她自己就有这样的经验，会被某种念头折磨得难以自拔，而那些念头完全不涉及任何人。她想到她的助手，一位比她小六岁的国际法博士。他相貌英俊，富有幽默感，在她与凶狠的花酋长、红魔头、金刚鹦鹉、孔雀龙浴血搏斗时，他总是拼尽全力地保护她，表现得像个勇敢的蒙古搏克手。可她不喜欢他。他对她俯首帖耳，看她时，眼睛里总是传递出只有女人才有的脉脉含情，随时都在暗示她，他渴望和她发展一种更加亲密的关系。她能否对他说，小家伙，我现在要带走你了，嗯，不对，是你的幽默和忠诚，从此以后，它们属于我，不再属于你了，至于别的，我看就算了。能这样吗？

这只是个假设。其实，她并不喜欢男人的幽默。关于这个，女人和男人的理解和反馈全然不同。女人希望被对方逗笑，"他让我开心"。而男人希望证明自己的幽默，"她认为我风趣"。不过一个笑话，就证明了女人和男人的不同属性，他们永远不会在同一个频道上考虑问题。

她这么想，把壹加壹抱到躺椅上，起身去厨房，给自己倒了第二杯果汁，靠在那幅她从威尼斯双年展上买来的作品前，慢慢喝光了杯里的果汁。那幅画，基本就是一张白色的网状画布，随意涂了两块颜料，但价格不菲。她那时正好遇到烦恼的事情，情绪低落，一赌气买下了它。"愿望清单"可不同，你不能因为情绪低落就随便选择某个对象，万里迢迢去找到 TA，然后把 TA 带走，你得想好，确定 TA 值得你那样做。

她朝窗外看去。她所在的公寓叫"八十步海寓"，在东部海湾很有名，从她站着的地方，能看到大梅沙露天浴场上那几尊模样笨拙的卡通塑像，一艘收束起桅帆的白色游艇从远方的海面上无声地滑过。她莫名其妙地闪过一个念头，有没有人把自己的家选择进"愿望清单"中，对它说，我现在来带你走？她想知道，有多少人愿意在另一个世界里仍然生活在曾经的家里，这是一件让她好奇的事。

她赶走发散的念头，把用过的水杯放进清洗池里，回到卧室，接着读说明书的最后部分。壹加壹跳回她身上，把潮湿的鼻子埋进她怀里。冠毛犬和其他犬类不同，它们有汗腺，不用靠吐着舌头喘息来散发汗液，所以，壹加壹总是闭着嘴，而且，它爱听好话，只吃新鲜食物，毫无疑问，它会喜欢这种全新的产品。

……接下来，到了游戏的最后环节：

请您深深地吸一口气，让情绪平静下来，然后闭上眼睛，在心里想一想，现在，您是不是有一种您是自己人生主人的感觉？您觉得，您的这趟旅行收获如何？

厨房里传来 Zella Day 迷人的嗓音：

　　你听见我的歌声
　　就像逝去的幻觉
　　你是在说我们所在的天堂吗
　　在你怀中永远是那么近
　　当你说我最好看时
　　那就是永远
　　……

　　她闭上眼睛，让思路停止片刻，然后睁开眼睛，重新启动思路，在心里揣度，如果这样，她完成了全部的旅行，对她选择的所有愿望对象说出了那番话，她的感受会是什么？

　　这取决于她的清单里有什么。

　　作为经验丰富的商业谈判专家，她注意到说明书里的一段文字，一般的商业书中绝对不会出现这样的内容。它承认产品设计存在软肋，而且，这个软肋无法解决。在"抵达"栏的备注中，它用自嘲的口吻做了这样的温馨提示：

　　　　十分抱歉，因为人类自身的弱点，该旅游产品无法保证您某些行程的绝对抵达，比如与极端势力领袖和 Z8 – GND – 5296 的见面。我们有理由提醒您，那些了不起的大人物，他们正忙着拯救人类和改变世界，不会有时间与兴趣和您见面。而假使您恰好选择了一个迄今为止人类知道的最遥远的星系作为您的愿望对象，我们也必须老实承认，让您站到它面前是一件非常困难的事情，要知道，1977 年鸣枪起跑的"旅行者1 号"，它保持着第三宇宙速度，可它疲惫不堪地奔跑了 30 多年，才勉强到达太阳系的边缘，而您距离您心仪的 Z8 – GND – 5296 则有 131 亿光年。我们友善地提醒您，愿望的路途没有最远，只有更远，本产品不主张您轻率而无限度地使用"愿望清单"权利，选择人类目前尚无能力抵达的目的地，去见那些您完全够不着边的家伙。为此，我们向您表达深深的歉意，并且为您提供如下备用选择，以补偿您的损失：通过视频方式安排您与戒备森严的领袖们见面，您大可不必因为那是某个宗教网站发布的新闻视频而感到遗憾，要知道，在这些伟大人物的眼里，您只不过是一个异类，您在完成本次愿望的时候，完全可以谅解他们对您的无视；或者，通过开普勒太空望远镜与您心仪的 Z8 – GND – 5296 诉说衷情，相信您会喜欢"天阶夜色凉如水，坐看牛郎织女星"的美妙意境。

她再度笑了。这一次，她一点也不想掩饰由衷的快乐。她欣赏自嘲但又不自损的态度，对这份产品的设计者产生了强烈的好感。她伸手抚摸了一下卧在膝上的壹加壹，好像此刻它正在131亿光年那么远的地方，她在用想象触摸它，并且体会那种美妙的意境。壹加壹伸出粉红色的舌头舔她的手。它性格温顺，喜欢和人亲近，酷爱清洁，不是每一个生命都像它这么有趣。

　　现在，她读完了说明书，开始整理思路。

　　产品在投年轻人所好方面明目张胆，但同时也关怀着人生无多者的块垒，兼及了中老年客户的需求。有一点可以肯定，客户事先并不知道旅行的目的地在哪儿、它们离着有多远、自己会经历什么、旅途中会出现什么转折或者际遇，这些内容，要到确定愿望清单中的全部对象，并且落实TA所在地点之后才会水落石出。它显然在嘲笑人们常规的旅游方式：名胜、热门、好奇心、亲情妥协、爱情盲目、奢侈品和美食占有，甚至某些另类的死亡之旅，同时在旅程的情感投射中设计出无限接近人们内心深处的马里亚纳海沟、贝加尔湖、雅鲁藏布大峡谷和科拉半岛的 CY - 3 #超深钻井。几乎可以确定，因为那些人最想在离开这个世界时带走的对象的出现，这趟特殊的遂愿之旅将掀开庸常日子的妥协和习惯帷幕，揭示从未触及过的隐秘情感地带，它们是人们真实的未尽人生。产品最终提供给旅游者这样的内容：你最值得前往的旅游地，不是通常旅游产品为你推荐的商业目的地，而是你人生中最在意的对象的所在地，前往上述地点，收获的不是眼、耳、鼻、舌、身、神经纤维、大脑感官系统带给你的常规满足，而是灵魂的揭秘、震撼和欣喜，它将在一次虚拟的游戏中超越生命规律，把你带到往生的出境口岸，让你审视此生，觉悟和觉醒，在余下的生命中改变点什么。

实际上，她对改变一直抱有警惕。

如今，随便在哪家网站，你都能轻松找到大量由廉价人生哲学包装起来的商业产品，对此她十分不屑。人生就是你花 20 年成长为社会人，然后再花掉剩下的 60 年来反省它的失败和接下来的继续失败，其中大部分时间用在研究相关策略，摆脱前一次失败上，这当然不属于她的人生。如果非要她在此刻总结人生，必须说，迄今为止，她的人生很圆满。她属于亚里士多德说的那种幸福的人，在这方面，她给自己打 80 分。她当然知道，欲望的无限性和满足欲望条件的有限性之间，存在着天然矛盾，可是，她还是希望有人轻松地对她说，嗨，你想拿到另外的 20 分吗？

不需要更多的理由，她毫不犹豫地做出决定，将这份产品作为本次休假的 APP。

需要做的事情不少：拟定“愿望清单”、落实清单中对象的所在地、制定行程、订票、联系酒店和租一辆顺手的车、准备行李。这难不住她。两年前，她在“中国会”交了 5000 美金会籍费，这以后，她一直在水族箱里恶斗，来不及和那些酷似智能系统 AlphaGo 的执行官、在私人生活中使用跨性别用品的首席代表，以及普遍患有神经衰弱的大使们打一次交道；现在机会来了，在落实过清单中对象所在地之后，她会向"中国会"的官网上传她的旅行要求，让俱乐部为她安排旅程。

她顽皮地蹙了一下鼻头，收束双臂，伸了个懒腰，上肘把乳房挤压成两只变形的球。她在心里愉快地对自己说了声，来吧，我们开始吧。

她拍了拍壹加壹的脸，示意它离开她，而且这次的时间会长一点。她起身轻快地走进书房，来到书桌前，习惯地护住裙角，在皮质的人体工学椅上坐下。实际上，她完全用不着这么做，她已经把一箱套装送去干洗店了，并且发誓在两个月的假期中决不取回它们，现在，她穿着反射银亚麻布居家筒裙，家里除了她和壹加壹没有别人，她不用顾忌什么。

她在最下层的抽屉里找到一叠尚未启用的 WORD 信纸，从笔夹里取出一支笔杆滑润的玫瑰金宝珠笔。在面对重要事情时，她坚持古典的考究情结，用笔和纸记录下内容，而不是使用键盘和书写程序。

现在，她已经准备好了。她腰背笔直地坐好，在信纸上一笔一画写下"愿望清单"四个漂亮楷体，然后在题目下面依次写下五个阿拉伯数字，她想也没有想，就在清单的第一项后面写下了壹加壹的名字。

没有什么理由，壹加壹不是宠物，而是她的亲人。约克郡那位仰慕者把它送来的时候，它刚刚断奶，眼角噙着泪水。它就像中国版的菲利斯·福克绅士，430年前，祖宗带着它的基因到达美洲，再从那儿把它的基因带去了英国，在地球上绕了个大圈，如今，它被送回祖宗的故乡，只是，它和菲利斯·福克绅士不同，没有带回美丽温柔的艾娥达，同时赢得两万镑赌注。她倒是有可能为自己带回一个伴侣。她对壹加壹的前主人有好感，那个名叫爱德华·纳瓦尔的高个子混血青年，可以说她钦慕他。他的曾祖父从潮安八角寨出走，远渡重洋，去了约克郡，娶了当地一位贵族的女儿。他母亲的家族深受当地人尊重，家族领地曾经是鲁顿王国的重要粮仓。她登门拜访过这个喜欢东方文明、和气满满的家族，受到了热情招待，不得不承认，那些美味的水果布丁、姜汁饼和玫瑰饼让她流连忘返。但她和纳瓦尔先生最终没有走到一起。

　　忧郁的纳瓦尔先生把壹加壹送到中国后，她很快和壹加壹密不可分。外出工作时，她会坚持有它同行，为此不惜退掉熟悉的航空公司优质旅程项目，改乘提供晕机治疗和旅途玩具的二等航班。无论她在世界哪个角落，壹加壹都会在会议室隔壁的某个房间等待她，而她则会斗志昂扬，思路敏捷，九天玄女附身，毫无悬念地干掉那些智商超凡的阿尔法狗，然后开心地带着壹加壹去当地某个以传统烤肠闻名的餐馆里大嚼一顿，庆祝他俩的胜利。也有例外。

有几次，她不得不反复向壹加壹解释，她只能将它寄托在宠物托儿所里，因为她要去的地方无法提供它的容身处，她总不能把它留在公务车里吧？那样，她会更加担心，由此输掉谈判。那简直是她生命中最糟糕的日子，一想起这个，她眼圈就会红。所以，在往生时刻到来时，她会带着壹加壹上路，去另外四个"愿望清单"对象所在的地方，任何地方，而唯独不会把它留在这个世界中。

很快，在壹加壹的名字后面，她写下了"个人资料"四个字。

写下这四个字时，她笔尖有一丝滞重，心里涌起感慨。以她的经历，她接触过，曾经被她主宰的重要的商业案不知道有多少，其中不乏惊天大案，但它们不属于她。在离开谈判桌，把案子交给等在隔壁房间的项目负责人以后，它们与她就再也没有了任何关系。她承认，自己并非人们看到的那样千般风情，万里烟波，经历丰饶，有时候，她希望自己也拥有一些见不得人的经历，甚至它们越多越好，这样，就能证明她是独立的个体，有足够的理由成为人们心中的"这一个"。可惜，没有，她没有太多属于自己的秘密。准确地说，除了充当商业博弈场上的杀手——这只是她的职业身份，不是她——她能够找出的个人秘密寥若晨星，它们全部装在一个3G大的硬盘里：不打算给人看的日记、和某人往来的邮件草稿、几首少女时写下的幼稚小诗，以及一些不便公开的照片和视频。是的，少得可怜，但即使这样，她担心她离开之后，它们会落入其他人手里，受到玷污，她不会让这种事情发生。

接下来，她选择了"愿望清单"中的第三个对象，把它写在开始有了生气的 WORD 信纸上："不想和陈家人以及陈家的所有亲戚在另一个世界见面。"

这似乎超出了产品约定的范围。产品对"愿望清单"的解释是，在离开这个世界时，客户有权带走列入清单中的全部对象，凡愿望中的任何对象都行，就是说，不管对象是谁，是不是一个生命，关于这个，之前她已经设想过了。但是，产品并没有提到客户在另一个世界的愿望权利。但这件事情她非常在意，不容讨论。她已经和家人彻底了断——在血缘和法律关系上，她无法否认 DNA、抚养和赡养这样一些词汇，但她有办法让它们仅仅停留在理论层面，别忘了，她可是一个经验丰富的专家——做到了在这个世界里不与家人见面。她永远也不想再见到他们，如果能够做到把这个永远延续到下个世界里去，那就太好不过了。但谁知道呢？也许世纪末日到来的时候，陈家人也拿到了登上诺亚方舟的珍贵船票，这样的话，无论前往伊甸园还是地狱，她都无法摆脱他们，他们会在狭小的船舱中不期而会，这意味着，在先进的太空逃生系统的支持下，陈家人有机会讽刺地向她宣布，即使在下一个世界，她仍然摆脱不掉他们的纠缠，要是这样，她干吗还要选择这趟旅程？不，她会放弃前往陈家人选择的那个目的地，毫不犹豫登上驶往相反方向的那条星际船，哪怕它驶往的目的地是地狱。

几乎一口气内，她就完成了"愿望清单"中的三项选择，几乎没有任何思考。她觉得自己的进展稍微快了一点，按照这个速度，整个游戏只能维持 1 分 30 秒，答案很快就会出来，根本没法嗨起来，这可就对不起这份产品设计者善意而有趣的孩子气了。

她为自己一向敏捷的思维感到抱歉，放下笔杆开始发热的宝珠笔，轻松地从书桌前起身，去起居室给壹加壹的卫生间换了新沙，洗了手，去茶桌边烧水，打算给自己泡杯茶。她刚刚从茶罐中取出茶饼，就发现自己遗漏一件重要内容，并且因为这个遗漏而深深地感到愧疚。她放下茶罐，快步返回书房，在书桌前坐下，重新拿起笔，毫不犹豫地把"王子"两个字列入"愿望清单"中，并且将这一条与原来的第二条做了对换，原来的第二条和第三条就成了第三条和第四条。

"王子"是一只临清狮猫，两年前一位朋友送来的。不是朋友家那只会游泳的凡湖猫"皇上"亲生。朋友约了人吃饭，回家的路上见到它，它有两三个月大，蜷在一只水果盒里喵喵怜叫。朋友笑眯眯把它抱给她，进门后对她说，我把你儿子捡回来了。她看它。小家伙全身披拂着厚厚的雪白色长毛，一只眼睛黄，一只眼睛蓝，它在朋友手腕上谨慎地蜷缩着，仰头看她，眼神里显出很吃惊，好像她不该狠心地把它丢弃在马路上不管。毫无预兆的，她腹部最柔软的隐秘处突然抽搐地疼痛了一下，疼痛快速传向子宫，这使她下意识地弯曲了一下身子。就这样，前世的缘分不讲道理地穿过久远岁月，闯进她怀里。那天她落泪了，给小家伙洗了澡，吹干毛发，抱它上床，坐在床头一眨不眨地看着它，而它则在她脚下悄无声息地睡了一夜。

有一段时间，她非常溺爱它。她叫它王子。其实在心里，她是叫它儿子的。她固执地认为，它就是她生下来的，把它遗失在前世，现在有人把它送还给她，她做不到再让它离开自己一步。她的突然变化让壹加壹感到无比吃醋，为了捍卫营地先来者的身份，这个对古老身世十分骄傲的布须曼人开始了一连串恶毒的报复。猫犬大战的结果是，王子受了很重的伤，它嘴角被抓开一条大口子，身上满是狗尿，为此，她生气地惩罚了壹加壹，用项圈和胸背带把壹加壹束缚了整整三天，那是她唯一一次对它动手。但这并没有改变局面，布须曼人的报复行动仍在继续，古老的血缘自尊让壹加壹宁可破坏掉与她的感情关系，也要把入侵者赶出家门。半年后，她不得不放弃努力，通过国际托运公司把王子送去了约克郡。在给纳瓦尔的邮件中，她抱歉地请对方照顾王子一段时间，她会找机会把它接回中国，她相信这个时间不会太长。送走王子的那天，她没有和不断向她讨好的壹加壹说话。她没法告诉它，她有多么爱王子，她不想看见她最爱的两个生命相互撕咬，她为这个而深深地伤心。

现在，她把王子写进"愿望清单"中，这意味着，她已经把它接回到自己身边，而且，她已经完成了四项选择，剩下最后一项，她不想那么快地决定下来，她需要认真地想一想，也许她还遗漏了什么重要内容，这可不是她的风格。

她走进厨房，打开冰箱。冰箱里有昨天到家后电商送来的滇西有机蔬菜。她不是素食主义者，只是主张低碳生活，所以，她从不使用真皮饰物，同时选择大量排泄甲烷和二氧化碳的食草类动物作为食物。她往嘴里塞了一只新鲜樱桃，让果子的酸甜味道在嘴里弥漫开，开始计划菜单。她决定为自己做一个凉拌鲜菇，一个醋浸野虾，再做一个泡椒牛肚菌。她不用担心在工作时必须保持的皮肤光洁，在漫长的休假过程中，她值得好好犒劳一下自己。

其实，就"愿望清单"而言，能够列入其中的对象不少，比如，冬日的阳光、林中的鸟鸣、清晨的自然醒，她已经想不起来，自己有多久没有过这种感受了。假如音乐在另一个世界比在这个世界重要，她也愿意带上离开学校后再没摸过的长笛。她在心里问自己，在她已过的人生中，是否遗忘了什么，如果没有，这一次呢，她是否遗忘了什么，比如财富愿望和菩提心愿。不，她想，如果生命已经走到尽头，这个世界曾经让她忙乱或者纠结过的东西，她一样也不想带走。她喜欢这个旅游产品的原因正是如此，只有抉择真的到来，需要安静下来认真选择的时候，人们才会发现，那些东西并非最重要的，争尽天下，得到的也无非是纠缠不休，无尽的烦恼，结果却浪费掉整个人生，这一点，这个产品的设计者可谓了然于心。

她那么愉快地想着，用热水化开少许食盐，放进鲜蘑菇，顺时针轻轻搅动清水，清洗掉蘑菇表面的黏液和褶皱中的沙粒，捞出它们，用厨房纸吸去水分，找出醋和芥辣，它们是凉菜最好的调料。是的，她相信自己做出的选择，她会因此拥有两个月的快乐旅行。

实际上，她完全没法阻止自己超凡敏捷的思路，即使手里做着事情，脑子里也在不断冒出新的念头。说实话，没有什么比一个知道冷暖、福祸与共、终身不渝的闺密更值得拥有，只是，在冯已冬和夏子玉两个人中，她有些犹豫，难以做出选择。

说起来，她和冯已冬交往的时间更长一些，关系也显得更密切。冯已冬是金控高手，资本市场里见魔杀魔见佛杀佛的主，两人在谈判桌上相识，杀得鲜血淋漓，日后却成了交膝缠腕的闺密。冯已冬丰腴妖娆，鹅脂肉感，用女人私下里俗不可耐的话说，是水果中熟得恰到好处的那一口，也是最难盘的那一种，两天不出手就烂在冷库里。

有一段时间，她以为自己爱上了冯已冬。

那是五年前的事情，她在巴勒莫被一个看上去相当木讷和缺乏心智的小个子意大利男人算计得一败涂地，惨绝人寰地败给了对方，只用了 11 个小时，公司的委托方就在合同修订本中输掉了三千欧技术补偿款。那天她苦风酸雨，心里充满了羞耻，拎着文件箱，毫无目标地走在大街上，只想要杀死自己。没想到，在大剧院外，竟然迎面撞上了烫着大波浪长发，打扮成一朵烂漫的向日葵，两只胳膊上挂满购物袋的冯已冬。

"嗨，你觉得我像不像玛莲娜？"妖娆的闺密快乐地大笑着，向她热烈地喊叫，丝毫不顾忌路人转来的视线，"心肝，你干吗不成为我的雷纳托小男孩？"

那天晚上，她俩在埃特纳活火山下找到一家摩尔人风格酒吧，据说，泰勒和私奔男友当年常来此处消耗掉黎明到来前的几个小时，劳伦斯也是在这家酒吧里写完了他那部让人类面红耳赤的小黄书。她俩在酒吧里和几个法国文艺青年鬼混，喝用杜松子酒、接骨花木、柠檬、薄荷调制的鸡尾酒，再换成大杯姜汁啤酒，两人喝得酩酊大醉，胡闹着，在那个自称马克·夏加尔情人弟弟的三流画家脑袋上挂满橄榄和柠檬皮。冯已冬推开献媚的尖下颏法国人，把她搂进怀里，甜蜜地亲吻她的耳垂，用酒精刺激的沙哑嗓音小声对她说：

"宝贝，我们在私奔者的天堂里，身陷不伦之地，万劫不复，干吗不回酒店去做爱？"

她们借着酒劲回到她的酒店，上了床，冯已冬把手搭在她胸脯上，不到十秒钟就睡着了，她醉眼蒙眬地扫了一眼透过窗帘洒进房间的园林灯，很快也没有了知觉。

第二天，快到中午她才醒来，头疼欲裂。冯已冬不在房间里，梳妆台上留下一张纸条，告诉她她去喷泉广场了，她醒了可以去那儿找她。她在浴罐里放满热水，蜷缩进浴盐的泡沫中，想自己是不是陷入了萨福之爱。整个下午她都心绪混乱，然后她做出决定，收拾好行李，去前台退了房，叫了部车去了机场。

至少两个月，她们没有联系，也没在闺密圈中有过互动。后来她才知道，是她过于敏感了。她没有同卵双生的哥哥或者妹妹，年幼时未曾遭受过性侵，第二性症发育良好，没有阉割焦虑，家族中由直男癌们掌握着话语权，绝对不许家族女性出现异装癖或性别认同障碍这种败德辱行的行为，成长途径中也没有案例可供学习，可以肯定，她根本不具备同性爱的遗传基因和环境，她和冯已冬，最多像《怜香伴》中的曹语花和崔笺云，两人只有相思，并无情欲，做得了连理林中的情痴，做不了彩虹旗下的欲鬼。

在认识冯已冬两年后的夏天，她去了莱斯波斯岛，想看看曾经令她困惑的萨福的家乡。那天，她在萨福教授爱恋艺术的女子学校遗址从早上逛到黄昏，知道了一件事，柏拉图称之为第十缪斯的萨福被驱逐离家乡后，在巴勒莫也住过一段时间，并且在那里拒绝了阿尔凯乌斯的追求，只是，她不知道，萨福拒绝阿尔凯乌斯的地方，是不是她和冯已冬大醉一场的那家摩尔人酒吧。

黄昏到来时，她又饥又渴，闯进一家简单干净的乡村客栈，想填饱饥肠辘辘的胃。她为自己点了一道大餐，热气腾腾的穆萨卡和白云豆汤。正当她饕餮之徒般把油腻腻的烤茄子往嘴里大填特填的时候，门外进来一个年轻的中国女人，看模样有二十五六岁年龄，腰如素束，头上戴着紫罗兰色的头饰，被阳光晒成小米色的脖颈上戴着一串玫瑰花蕾、莳萝和番红花编织的花环，怀里抱着一只民俗娃娃，大概因为从明媚的阳光下突然走进暗处，有些困惑地看着屋内。

　　她就是夏子玉。

　　夏子玉走到她面前，在她对面坐下。她嗅到一阵细微的橄榄油芬芳向她飘来，脑子一阵眩晕，油腻的木勺举在嘴边，呆呆地看面前显得有些孱弱的女子，耳边响起萨福的《她没有说一个字》：

> 少女们和她们喜爱的人在一起
> 如果没有她们的声音就没有合唱
> 如果没有歌曲就没有开花的树林
> ……

　　她忘了她们是怎么开始的。夜晚到来的时候，她们已经喝着浑浊的希腊酒，在一只陶制菜盆里用叉子你一口我一口吃加了桃子的橄榄油拌新鲜莴苣了。

"萨福怎么才能做到，一个接一个和她的女学生相爱？"她问刚刚摆脱掉生冷的婚姻，宣称要给自己放十年假，做十年流浪女的前戏剧文学教师夏子玉。

"她们是单纯的学生，愿意以身相许，回报从老师那儿学到的爱欲之道。"有着一双水杏眼，不描黛不点唇的夏子玉安静地看着她，"人们什么都不知道的时候，爱是唯一能够冲破困惑的力量，也是唯一可以由自己做主的馈赠物，知道得越少，爱就会越强烈。"

"你的意思，知道得越多，反而会失去爱的能力？"

有一段时间，夏子玉没有说话，在海水反照出的月光中，她就像一株起毛草，她的影子投射在她的身上，两两相印，像一对能够收集到足够露珠或雨水的叶片，等待着供给沙漠中迷途的旅行者解渴。

"知识不过是阴影，停留在你的意识里，它们中的大多数，在你得到时就已经死亡了，不然，你不会一次次从生活中逃开，依靠旅行去寻找答案，哪怕寻找到的结果总是令你失望。"夏子玉从沉思中醒过来，看着她，然后掩着嘴轻轻笑，"知道今天是什么节日？"

"什么？"

"处女死亡节。那些在旅途上的女人，她们全都变回了处女。"

她心里颤抖了一下，冥冥中觉得，坐在对面黑暗中的那个女子不是戏剧文学教员，而是另一个自己，只是，她们被分割成两半，隔着好几个世界，或者如她所说，隔着历史这个阴影，不再熟稔。

照这样，选择的天平倾向夏子玉，让她毫无悬念地成为"愿望清单"中最后一个对象。她对这个结果既欣慰又遗憾，可是，如果加上冯已冬，清单对象就多出一个。她默默地权衡了一下，不情愿地在心里把后者划掉，同时脑海里浮现出萨福的另一段诗：

> 坦白地说，我宁愿去死
> 当她要离开，她久久地哭泣
> 她对我说，你一定得忍受
> 萨福，我离去并非自愿
> ……

谁发明了这么损的游戏呀？她无奈地笑了笑，小声抱怨了一句，但并不是真的不开心。她从沸水里捞出淖好的鲜蘑菇，将它们装入一只干净的料器。

但是……

她突然停下手中的沙棘木水漏。

等一等，她对自己说。

没有异性。她已经做出了五个项目的全部选择，可是，"愿望清单"中没有出现异性。王子是异性，但它不是人类。她愣住，怎么会这样？

她朝起居室那边看了一眼。壹加壹正在玩一只激光棒。那是王子留下的玩具。壹加壹像人一样，用前爪抓起激光棒，用力往地上甩，再转着圈用后爪踩踏，样子让人忍俊不禁。

　　她没有笑。她想，除了王子，她竟然没有一个异性可以带走，带离这个世界，她不也是另一个拿别人留下的玩具出气的壹加壹吗？为什么会这样？

　　有一段时间，她站在整理台前没有动，试图找到答案。她有过异性友人，也有过男女交往关系。她想到王子的养父，那个把王子从车轮下救出来，抱进她家门的男人，他是唯一可能成为她感情归宿的男人。她迷恋他。他是那么狷介高傲，才华横溢，几乎不给人留下丝毫扬头的机会。她还记得，他们在一起的那天晚上。那是一次重大的骚乱事件中，他俩都是事件的参与者，那会儿，她刚刚离开学校，什么也不懂，而他已经被人生磨砺得男人气十足了。可那一次，他却像一只被铁砂子击中了翅膀的黑背鹦，再也飞不起来。他们互相拖拽着，从现场逃回他家。他浑身颤抖着，抹掉额头上流淌下的血水，在黑暗的房间中转着圈，愤怒地大叫。她也一样，颤抖得厉害，缩在墙角里，一动不动。然后，不知怎么的，她就在他怀里了。她的心在狂跳，好几次晕厥过去。事后想起来，那天晚上她的心跳那么有力，足可以用来发电，照亮整个世界。

　　但光明消失了，他也消失了。不是他这个人，他还在，但不再是她迷恋的那个他。

问题出在哪儿？

光明使者并非只有夸父和普罗米修斯，说起来，职业为她创造了更多的条件，让她走遍世界，认识无数优秀的异性，遗憾的是，这样做并没有为她赢得一个可以维系未来的人。她说不清自己曾经和多少优秀的男人交往过，他们和她在一起的时候，全都拿她当女神，毕恭毕敬，温文尔雅，可他们从来没有打算出示自己的 HIV 唾液测试报告和精子测试报告。这没什么，她也有所保留，不会告诉对方，她已经在冷冻库存贮下健康的卵巢组织，她会为自己的未来负责。但是，人生睿智这件事，只会出现在商业谈判桌前，只要一上床，肚腩上的赘肉和浑浊的体气就会将男人的粗鄙暴露无遗，这个现实比在液氮罐中保存卵泡更让人绝望。

这些年，她被迫与身边众多陷入求偶怪圈的闺密共情，她们周而复始地怀疑，选择任何一条路，都可能让自己失去更好的结果，可她们从来不曾想过，她们是怎么在消费升级的求偶路上单下来的。活在难以统计的海量信息里，它们会告诉你，所有前行的道路都是光明的，在找到命中的白马王子这件事情上，你有无限的机会。她根本不相信这个。除了年过三十以后不再在梦里现身的某个记忆模糊的男孩，现实中的男人她一个都不会选择，因为每一次选择，都会让她吃尽苦头。她从不考虑在线约会床友这种交往方式，那会让事情变得更糟。共度一夜和共度一生哪一个更吸引她，对她来说这几乎是废话，可事实上，前往生命终点的路上死尸遍野，活下来的也都伤痕累累，她根本没有机会从容不迫地列下"愿望清单"，并且心情愉悦地前往选择对象的所在地，对他们说出带走他们的话，与其中的任何一个人共度一生。

问题到底出在哪儿？

她仍然有可以支配的日子。公司清楚地知道，如果她崩溃了，损失最大的是公司，公司不会关心她正在衰亡的卵泡，但会在她崩溃到来前，为她安排一段时间休假，让她重新活回来。她回想近些年她的假期，那些时间她都在做些什么？除了和壹加壹在一起，为自己做一顿可口的饭，其他的事情，她完全想不起来了。

她那么想着，感到脚上的拖鞋被什么东西扒动着。她低头看，是壹加壹。她这才发现，自己已经在厨房里等了很久，早过了午餐的时间。

她茫然地看着整理台上清爽的蔬菜，觉得她的人生，就像一顿过了时间的午餐——她回到家中，身心交瘁，入睡前在盥洗间里给自己的身体补水，那个时候，她会决定明天起来后，一定要为自己做一顿可口的午餐。她只能想到这个。她把这个当成假期中最重要的计划，如果没有这项内容，她就再没有什么值得为自己做的事情了。她还知道，丰盛的午餐之后，简单的晚餐等在后面，假期漫长，她怎么都摆脱不了它和它们。清水淅沥，她在心里盘算菜式：午餐要丰富，证明自己的生活丰富，值得过下去，晚餐要简单，人不是神，做不到过午不食，在属于畜生进食的时间里，可别让自己喝蛋白质过多的浓汤。她会去附近的渔村买一条刚出水的海红斑、半斤深海虾，电商会按照她下的订单准时送来新鲜蔬菜，它们散发出海鲜和蔬菜特有的水腥气，在经过清洗烹饪，它们会变成一顿可口的美味。但是，现在，就是现在，丰富的午餐时间已经过去，她听见一串慌张的脚步声消逝在远处，那是时间和追随时间而去的她的生命留下的，它们就像两个沆瀣一气的逃亡者，在她毫无知觉的时候抽身而去，根本不给她任何解释。

突然间，她感到很累很累。她放下手中的厨具，离开厨房，去露台上坐下。壹加壹没有过来，在起居室里对着沾满了唾液的激光棒发呆，不知在想什么。

她说不清楚，是不是"愿望清单"这个旅游产品害了她，让她平静的生活出现了一道裂缝，她从那道裂缝中窥见到自己可怕的生活，并且身陷其中，可能再也回不到熟悉的生活中去了。

海上渐渐漾起柔和的金黄，她感到一丝倦意，想睡上一会儿。海风吹来，有什么在她脑子里一掠而过，她突然愣住，起身离开露台，快步走进卧室。她从床头取过手机，飞快地翻动页面，查看闺密圈，然后转到朋友圈，又回过头来复查了一遍，再花了差不多半小时，查看了手机里的全部记录。

没有叶赫那兰。闺密圈中没有，朋友圈中也没有，手机中根本没有"叶赫那兰"这个人的任何信息记录，连她回复的那个笑脸，TA回复她，让她"不妨试试"的留言也没有，而且，那份"愿望清单"旅游产品说明书的链接IP也不见了。

她怔忡片刻，让自己平静下来，仔细想了想。是的，她不认识叶赫那兰这个人，无论姓氏还是姓名，她都不记得有这么个人。但她的确是从TA上传的文件中下载了"愿望清单"啊！

一阵巨大的困惑朝她袭来，她心跳怦怦。

壹加壹突然兴奋起来，爪子挠响柚木地板，飞快地扑进盥洗间，在那里对着什么东西狂吠，然后飞快地跑回卧室，叼住她的裙角，把她往盥洗间拖。

她没有动，直愣愣地朝壹加壹看了一眼，不知道它在对她说什么，再朝盥洗间看了一眼，不知道那里有什么。

厨房里，隐隐约约传来Zella Day迷人的加州嗓音：

> 我不属于这儿
> 那段感情如此甜蜜
> 以至于现在我如此难过
> 像钻石一样被分割
> 我们生来就会成为永恒

我们还能回到曾经拥有过的世界吗

那是我们梦想过的世界啊

……

2016 年 3 月 18 日

于深圳听云轩

我现在可以带你走了

风很大

早上差两分钟七点，门在赵身后咔嗒一声关上。陶问夏皱了皱眉头，扭头看露台方向。

昨天中午台风登陆前赵就来了，带了两卷胶带，楼上楼下地跑，带玻璃的落地门窗全贴上对称的米字膜。现在，仪式感十足的门窗紧闭着，风把一只肢体修长的竹节虫和几只色彩斑斓的荔蝽尸体敷在玻璃上，一只八眼巨蟹蛛还活着，困难地伸展螯肢在雨水中爬动，试图离开那里。隔着钢化玻璃，依稀能看见，对面那栋没人住的人家，两扇没关严的窗户抽筋似的摔来砸去，玻璃早已碎光。院子里，满地龙尸般的树木断枝，一棵百年树龄的小叶榕被连根拔起，龇牙咧嘴倒在游泳池旁。花园小径中有位年轻保安，奇怪地抱着一棵大王椰，风把他的脸紧紧摁在弯成弓背的树干上，这使他活像找错目标的扁脸情人，不知道这种时候，他为何出现在那里。

22号台风肆虐了一整夜，天亮以后弱了不少。昨晚风震厉害时，房屋摇晃过几次，赵咨询陶问夏，要不要进他怀里。陶问夏说不用，还好。现在回想起来，她不清楚当时说"还好"是什么意思，但她能想象东部海边地区会是一副什么样子。

陶问夏站在客厅，低头看自己赤着的脚丫，感觉它们正受到某种不明事物的威胁。她走过去，脚趾有节奏地蠕动，一点点爬进赵留在门口的那双皮拖鞋里，趿拉着回到楼上卧室，走到床前。

床上凌乱，和大多数时候一样。入睡前他们各自阅读，赵刷屏专业论文圈，陶问夏读几页书，或者，看上去在读书。自从加入了一个和专业不相干的读书会后，陶问夏总有些群里推荐的书要读，不过大半没读完。他们很少交谈。总不能谈 χ 和 λ 射线计量公式吧？作为配合默契的专业伙伴，他们在研究所里有足够的领域和时间交流。

有一阵子了。他们保持着肌肤之亲，不多，但有。

陶问夏缩起双肩，让睡袍滑过锁骨，跌落到脚踝上，脚趾脱离松垮垮的拖鞋，爬上床，钻进凌乱的丝制品中。秋分还有一周，她并不觉得冷，却像月光螺一般蜷起身子，感到光着的腿正一寸寸复活过来。

好像知道陶问夏回到被窝里了，邹芊芊的电话恰逢时候地打进来。

"他提出新条件，补我三十万股宝德。"隔着话筒，陶问夏被小姑子的怒火灼得脸往后撤回几寸，"拿我当什么，鸡都不食的港股耶！"

"闹四五年了，终归是分手，你拿到不少了，觅儿的监护权，两套房子……"

"三套。伦巴底街那套上个月我也抢过来了，没告诉你？"

"三套，还有岘港的生意，游艇也归你……"

"我就知道，在你这儿别想找到安慰。"邹芊芊怒气冲冲，好像电话这头的陶问夏是可恶的叛徒，"我根本不想要那只破瓢，看看人家朱梦，康明斯发动机，我是狗屎 Yamaha，会费和违修就能把人逼疯。我只是不想让他在上面睡他的小奸妇——我俩在艇上搞过，在不要脸的大海上！"

陶问夏有点恍惚，不确定是否应该起来给自己煮点东西吃。她对烹饪过程和自己没有关系的食物向来缺乏信任，从不叫外卖。她朝落地窗外看，雨不大，风肆意撕扯着天空，一个劲往地上摁，所有翻天覆地的事情都在地面上进行，房屋隔音效果好，听不见它俩在外面嘶喊着什么，她猜这会儿后者连呻吟的力气都没有了。

换了个姿势，陶问夏把话筒推到枕头那一头，大致能分辨话筒里抱怨在继续，伸手够过床头柜上的手机，心不在焉地处理了两封工作邮件。预报说台风下午就会过去，但她不知道小姑子什么时候才会停下来。

有一段时间，陶问夏和邹芊芊好得像一个人。那会儿，邹茂茂想娶陶问夏想得哭，母亲和三个姨妈坚决反对，理由是陶问夏学历高。父亲和叔叔弃权，表示尊重精英民主，支持代议制。

"娶谁不好，娶女博士！"归纳起来，邹家的反对意见大体如此。

陶问夏是博士后，要命的是，她是工科，精密仪器专业。邹家是知识分子世家，家里三代出一堆博士，废品店不收，堆在家里攒着，深受困扰。邹芊芊是邹家唯一的低学历，港科大一毕业就嫁了潮汕新贵，身份落地，人事通透，邹家有什么化不开的事总是她出面拿主意。

邹茂茂央求妹妹拯救，信誓旦旦，陶问夏品质优秀，玷污不了邹家的名节。邹芊芊那会儿正和老公暗中斗法，忙着改北美身份为欧洲身份，没心思管闲事，劝哥哥，在人生的田径场上你永远别想跑赢一个想拿金牌的女博士，她越优秀意味着你当亚军的可能性越大，这是一场风险远超机遇的比赛。捺不过哥哥央求，邹芊芊怨气冲天从瑞士飞来深圳见陶问夏，本来打算直接逼陶问夏知难而退，没想到一见就陷进去了，回头慎重地向父母宣布，哥哥要不娶陶问夏，她就娶。

几年后，陶问夏和邹茂茂分居，邹芊芊专程飞了一趟新加坡，堵着门跋扈地把哥哥痛骂一顿，把邹茂茂刚买的自行车二话不说丢进湖里，最后还是邹茂茂费老大劲打捞起来，去警局交了一笔罚金了事。

"抓住最后机会，40岁的女人能得到真实性爱的概率不到百分之十。"邹芊芊从新加坡飞深圳，进门把自己扒光，跳到陶问夏床上，一边试在爱雍·乌节新买的内衣，一边连怂恿带威胁指导陶问夏，"关键是财务自由，我豁出来免费替你打官司，保证邹茂茂净身出户。"

邹芊芊是金逸事务所合伙人，生下女儿后几乎没接过案子。

"我俩没你想的那么不济。"陶问夏为小姑子挨件拆内衣吊牌，一样样递给她。

"喂，别把自己当一把螺丝刀。"邹芊芊龇牙咧嘴反手够搭扣，有点够不上。

"喂，别说淫荡的话。"陶问夏学邹芊芊。

"蠢货，我指蓝领思维。"邹芊芊气喘吁吁扒下衣裳丢在地上，恨铁不成钢地瞪一眼自己的胸，再瞪陶问夏一眼，"你以为能修好这个世界，知道需要多少吨大号螺丝？我哥入佛系不是一两天，他待在狮城不回来，是想进普觉寺。他打和尚的主意，你又不打算当尼姑，想蛰你的蜜蜂满世界都是，离了和尚照样授粉开花。"

"你哥没想好，想好了他会告诉我。"陶问夏说，剪断一件普拉达的吊牌。

陶问夏处理完邮件，顺手刷了刷赵在路上发来的视频：香港一座建筑工地的塔吊被风撅甘蔗似的撅折了；有人在大街上被风吹得撞在隔离带上直接撞晕过去。

陶问夏不喜欢大惊小怪的视频，好像世界还不够乱，没看完就关掉了。她调出镜子，朝镜子里看了一眼。牙齿在镜子中闪烁着暗暗的光泽，不仔细看还算精致，但她比谁都清楚，凹陷的眼窝不是美人窝，是缺少睡眠，眼睑旁爬出几丝皱纹挺不耐烦，好像在考虑要不要爬得更远一点。

陶问夏把手机送回床头柜，隔着枕头拿过话筒，趁小姑子喘气的当口告诉对方，昨晚有风来访，没睡好，现在要睡一会儿，然后挂上座机。

窗外，有一棵七八尺长的树拖曳着雨水飞过，也许是半棵，样子像试验失败的飞行器，蘑菇型树梢拉出粉状白烟。昨天政府宣布停市停工停课，陶问夏觉得自己有理由睡一会儿，可怎么都睡不着。

20 分钟后，陶问夏换上一套蛋青色耐克运动装走进车库，绕过蒙着车罩的雷克萨斯，上了自己那辆 2015 款卡曼，打开车载电台。

本地台新闻频道和交通频道吵成一团，都在播送台风新闻，播音员像身处狼烟四起之地的新兵，口气亢奋而绝望。陶问夏把波段调到 94.2，听了一会儿私家车台的路况报道，下车返回楼上，取来一台自动体外除颤仪，放进后备厢里。

设备是陶问夏科研成果中的一种。她不知道是否能派上用场。她把车开出车库。

一到外面，就像进入另一个星球，风力起码 15 级，时速超过 150 公里，2000 千克自重的卡曼像刚学短跑的新手，身后有个脾气不好的教练一掌掌狠推，一个劲地跟跄。

陶问夏有点害怕。但她没有让自己回头。

银灰色的卡曼驶上梅林路。雨水在车窗外呈干冰状，拉出一缕缕直烟，视线不好，能看见马路上到处躺着吹落的广告牌和横倒的垃圾箱，路边植被一律向西北方向弯着腰，沿路到处是倒下的大树，它们被根拔起或拦腰折断，压塌了好几辆停在路边的汽车，那些汽车就像买多一份只能拍扁打包带走的汉堡，完全没有了营销广告中宣称的从容高贵品位，有一辆红色QQ干脆掀翻在马路上，看着触目惊心。

街上店铺都关了门。还是有一些政府工作人员出没在街头，各种制服外套着橘红色荧光救生衣，像一群失去了导演调度的特技演员，在风雨中侧着身子困难地蛇行。

陶问夏小心翼翼绕过路边倒木，拐出梅林路，沿梅丽路往南行驶。平时高峰时段，这条路会堵得厉害，这会儿却基本没有车辆，偶尔遇到一辆，也是闪着警灯的工程车，悲壮地犁开白花花的水道驶过去，车身溅起的浪头就像墨斗鱼不断扇动的边裙。

陶问夏受到启发，打开示宽灯和警示灯，提醒自己不要空挡滑行，尽量不要刹车。

在北大医院路口，陶问夏没有犹豫，把车拐向莲花路，让车顶着风行驶，这样能保证安全。她看见一股湍急的水流像走错了地方的瀑布，顺着莲花山公园西北山脚涌出来，冲上马路，一些懵圈的土黄色蟾蜍、果绿色树蜥和花斑色蛇在白花花的水头中扭动，沿着路面快速爬开。她回忆在电台里听到的新闻，一些地势低洼处，海水顺着河道灌进市区，卷起几尺高的潮头拍打着街道，很多建筑都进水了。

这么想着，陶问夏听见身后一声巨响，吓得手一紧，下意识闭上眼睛，很快睁开，紧张地看后视镜。身后几十尺远处，一块巨大的公益广告牌不知从什么地方飘来，掀过马路，广告牌上夹带着一团白花花的东西。好一阵，她才看清楚，广告牌上面写着"以书香为伴，让知识续航"，白色的东西是条白色毛皮的狗，卡在两根断裂的钢筋中，不知怎么和续航的书扯上了关系。

陶问夏慢慢减速，小心地倒回去，把车泊在路边，摇下车窗。风嗖的一声把纸巾筒吸出车窗，接着是挂饰，它们向莲花山方向飞去，像是急着去找什么人，眨眼消失在风雨中。她觉得有一双手在把她猛力往车窗外拽，衣袖筒里瞬间灌满雨水。

隔着马路，一个浑身透湿的交警冲这边挥动手臂大喊大叫。陶问夏听不见他喊什么，但明白是在催她赶快离开路边。

快过来，快！她朝狗招手。

狗挣扎了几下，从刀叉般的钢筋中脱身，瑟瑟地过来，从车窗外爬进车里。

陶问夏把车从路边开走。"待那儿别动，我刚洗过坐垫。"她关上车窗，回头对湿漉漉发着抖的狗说。

白色皮毛的狗在脚垫上转着圈，冷得直哆嗦，也许吓着了，好一会儿才抬头看了陶问夏一眼。是一只萨摩耶，男孩，看着挺老实。陶问夏曾想养一只耷拉着大耳朵的猎兔。她喜欢警惕的智者，比如写《彷徨》的鲁迅，但他们眼神不一样。

好吧，反正都是移民，谁也没有权利要求别人怎么做。陶问夏妥协了，听任萨摩耶上了后座，在那儿转着圈甩出一片水珠。她不喜欢狗变得失魂落魄，但她能怎么办？

情况没有好转，陶问夏在莲花支路的路口再度停下，让一条杂色柴犬和一条黑色松狮上了车。它俩一个像滑稽的公知，一个像神经质的演员，之前躲在公园东北出口的垃圾分理站后面，完全吓坏了。它们应该是莲花山上的住户，可见山上的植物被袭扰得有多厉害。

陶问夏把两位流浪汉让到后座上安顿好。这次她没有提醒它俩注意礼节。讲究卫生什么的，用不着了。她不清楚莲化山上还有多少住户遭了殃，鼯鼠、琵鹭和角鸮，更多的是被人抛弃的流浪狗猫。

车在莲花立交桥旁停下。那里有一片汹涌的水流，水头不知打哪儿钻出来的。陶问夏小心翼翼减慢速度，开车通过水洼，拐上红荔路。中途她又停了两次车，排气管明显遭受到摧残，她肯定要去4S店做延保了。

现在，车上有了五条流浪狗，其中一位受了伤。陶问夏在一段路边没有大树的地方停下车，为受伤的金毛做了简单处理，包扎上伤口。车上有点挤，五个家伙为争夺地盘开始大声叫喊，朝对方露出尖利的犬牙。萨摩耶男孩果然老实，它第一个上来，本来独占后座，现在把那儿让给后来者，自己躲到脚垫上。松狮最霸道，像坏脾气的黑脸包拯，谁都欺负，好像卡曼是它的座驾，陶问夏来接它回家吃饭，它不想带上其他人。问题是，真正的危险可能是那条小个头的年轻杜高，它一声不吭，小眼睛不断往松狮那边扫，感觉随时都可能扑过去。

陶问夏读过《吉尔加美什史诗》《玛雅圣书》和《史记》，书中记录了大洪水的事，说了神打架，人作恶，天谴责的事，没有狗龃龉，她不知道该拿这种事情怎么办，是停下车，帮助它们当中某一个对付其他几个，还是就她自己，它们来攻击她，它们一起上？

"可以停止吗？"她一边观察马路上的倒木，一边斜眼严肃地教育后座上大打出手的流浪汉，"不然你们找我，我们好好打一架。"

除了黑色松狮，别人都停下了，或呆懵或识趣地看陶问夏，好像她是一个过于吹毛求疵的老师。

陶问夏觉得好笑。其实她不会打架。

多年前，陶问夏和邹茂茂去南丫岛度假，忘了为什么，精力旺盛的邹茂茂把陶问夏抱起来，扛上肩往海边走，假装要把人扔海里去。陶问夏吓得又踢又叫，后来还是按照要求衔住邹茂茂的耳朵，事情才算结束。

那应该不算打架。

陶问夏还清楚地记得，那天晚上，她洗完澡，头上裹着毛巾走出农舍，隔着夜空中几只斜飞的萤火虫，看见了邹茂茂。邹茂茂像认真值堂的小学生，坐在门廊的木头台阶上，两只手合架在膝头，食指相勾，一动不动地看着远处寂寞的离岛，那个单纯样子，差点没让陶问夏落下泪来。

"这样度过一生，是幸福吧。"那天夜里，邹茂茂说过这样一句话，不是询问，不是对陶问夏说，是告诉他自己。

车上湿气很重，弥漫着浓厚的山林气味。人类并没有为自己驯化出真正的宠物，只要这个星球变化一下，它们回到自己的来处，很快就会恢复祖先的基因。

陶问夏有点反悔，不该这个时候出来。但她不否认，这就是她冒险出门的目的。她猜想有谁急切地需要尽快离开肆虐的台风。实际上，很多人都需要离开困境，比如她自己。

陶问夏还记得第一次见到邹茂茂时的情景。

他们是在世界 500 强求才大会上认识的。他高挑，优雅，西装不是什么大品牌，鞋子的款式也一般，手腕上贴着一块干净的创可贴，模样更像一位创客技师，而不是上市公司风控师，可他漫不经心的神态中透着一丝堕落的气息，慵懒的气质非常迷人。

"哇，S！"他咧开嘴，露出雪白的牙齿冲陶问夏喊。

"唉？"陶问夏没听明白。

"就是 Alba，漫威里的 Sue Storm，X 的象征。"

"是吗。"

她晕头晕脑，不知道 Sue Storm 是谁。她知道截止频率和红限波长，不知道漫威，胸口怦怦跳个不停，一个劲地想，她真是那个幸运儿吗？

后来，陶问夏悄悄查了杰西卡·阿尔芭的资料，闹了个大红脸。在《神奇四侠》之后，阿尔芭出现在《蓝色星球》里，一身蓝色紧身皮衣，冷着脸，性感极了，难怪他说 X。

他们有过甜蜜时光。九年。陶问夏习惯了每次从梦中醒来，手都在邹茂茂呼吸均匀的胸膛上。还有，她遇到气急败坏的事情，昏了头给他打电话，他什么事没有地先笑，然后咧开一口白牙对她说，没事，有我呢。

可惜，经济危机摧毁了一切。

邹茂茂的公司遭遇到流动性危机，然后是连续股灾。不止他们一家，全球百年老店倒闭掉三成。他们共同认识的很多熟人都消失了，过去他们都雄心勃勃，相信好日子通往永远，那是属于他们的世界。

德国政府替 Hypo Real Estate 担保。美联储七千亿紧急救市，政府接管 Fannie Mae 和 Freddie Mac。中国政府也没干坐着，五万亿入市，可是，纾困名单中没有民营企业。邹茂茂的公司申请停牌，遣散掉半数员工，试图最后一搏，挤进家电和汽车下乡的队伍，董事会决定，由干将加福将邹茂茂负责项目。邹茂茂使尽吃奶的力气，还是被握着政府批文的国企挤了出来，一点份额也没拿到。

邹茂茂离开了公司，不是辞职，是除名，股权收回。公司市值跌破发行价，宣布摘牌离场，总得对股民和证监会有个交代，他是最不会引发次生灾难的人。

邹茂茂垮掉了，一夜之间苍老了十岁。那天，他通过律师递交了身份申请。陶问夏劝他别那样。他们吵架了。

"你以为我不知道，你觉得我丢脸……"

"别这么说……"

"不能什么好事你都占全了，你知道我的感受，你让我觉得自己非常糟糕……"

"对不起……"

"够了，我们都不是彼此的第一次，谁也不是谁的救世主……"

她觉得他太侮辱人了，她的科研项目逆市上马不是她的错，她从来没有见过救世主。但她还是爱他——爱那个因为爱她而不知所措的他，那个食指相勾，默默与夜色对峙，相信宁静海湾是幸福之地的他。

他们有两个星期没有说话，然后是半年。他抗争过，投过几次简历。人们熟悉他，年轻有为的风控师，拖垮了大名鼎鼎的头部企业，没有谁会和这样的人沾边。

有一天，陶问夏从研究所下班回到家，精疲力竭，想喝口热水，倒水的工夫，听见风叩动门的声音。她向门口走去，却发现邹茂茂躲在储衣间里偷偷哭泣，头一下下往墙上撞。她惊慌地挤进窄小的储衣间，用力把他的脑袋从墙上剥下来，抢救进怀里。

"走开！"他推开她，顺着橱柜滑坐到地板上，一脸散乱的恐惧，"告诉我真话，我是不是不中用了？"

她回答不了他的问题。她不相信男人会这么脆弱。难道她就没有垮掉，没有垮掉过？好日子不会一直到黑，人们还要生活下去，人口红利还没有用光，他们赶得上重新来一次。

邹茂茂终于去了南洋理工大学，做访问学者。离开家那天，他神情恍惚地走出门，在门廊的吊窝里坐下，呆呆地看院子。这一次，也许是白天，天色太亮，他没有手指相勾，坐了一会儿，慢慢起身，埋着脑袋下了台阶，连行李箱都忘了拿。

"你还是那么帅。"头天晚上，她替他收拾好行李，特意下楼，走进书房对他说。

"你也一样。"他那么说过，反应过来，从平板电脑上抬起头，抱歉地看她，"喔，我是说，你一直都那么从容。"

她瞟了一眼屏幕上的画面，灵修课程什么的。她觉得他说得对，如果她不那么从容，惊慌一点，哪怕一点点，她就能做母亲。

卡曼在关山月美术馆附近停下。车上又添了两位乘客，一条黑白相间的喜乐蒂，一只看不出品种的流浪猫。喜乐蒂是条高龄老狗，人情世故地坐在马路当中拦车。猫带着一身水珠直接蹿上车头，凭这个，陶问夏就判断出它俩不是野种，是流浪儿。

猫蹿上车头时陶问夏吓了一跳，差点猛踩刹车。它有缅甸猫的黑眼睛，东方猫的尖嘴，英国短毛猫的烟灰色皮毛，乍立着两只斯芬克斯猫的大耳朵，脑袋上顶着一条亮晃晃的马陆虫，隔着窗玻璃冲陶问夏露出两排尖尖的牙齿，好像那样做就能洗刷掉它出身的疑云。

让猫进到诺亚方舟里来颇费了一番工夫，风大得邪乎，根本打不开门，陶问夏没法下车去帮忙，猫又死活不肯从车头上下来，屈尊挪步窗道。好在街上一辆行驶的车也没有，只要不停在路边，他们大体是安全的。

卡曼终于重新上路，陶问夏运动衣湿透了。她发现自己惹上了麻烦，那只出身可疑的猫在呕吐。这太糟糕了。更糟糕的是，猫的背部塌陷，肚子圆鼓鼓，缩在逼仄的副座下，一副抑郁脸，丝毫不理会冲它大叫的松狮。

陶问夏找出一双手套，试着把可怜的家伙从副座下拽出来。猫没有反抗，只是在她把它抱上副座时有些警惕，试图弹出爪子挠她，她嘘住它。

"我来找熟人，没找到，我也不认识它们，但我们可以客气点，对吧？"她对猫说，然后回头警告松狮，"别冲它叫喊，它被伤害过。"

猫松弛下来。陶问夏捏了捏它身上，几乎没有脂肪，乳头肿大，至少有六周孕期。她把车停下来，脱下干爽的运动裤，把猫裹起来，用两个软枕在副座上做了个临时的窝——分娩还有三周，但不管它孩子的父亲是谁，血缘复杂到什么程度，它有资格得到单独的窝。

陶问夏有个条件相当不错的窝，可那个窝不能让她分娩。

问题不在经济危机，也不在邹茂茂。邹茂茂不是陶问夏的第一个，她也不是。邹茂茂之前那些血缘丰富的男人都认为她该有一个窝，他们愿意成为窝的一部分，可是，最终他们都离开了，或者说，她离开了。她不喜欢用朗诵的口气大声说话、在发式和皮带上下足功夫的男人，而且，不是"40岁的女人能够得到真实性爱的概率不到百分之十"，而是女人结束掉的时间提前了，她希望有力而深刻地生活，在日后宣称自己真实地生活过，但不曾做到，至少现在她还没有做到，科技魔兽上足了发条，越往前走路越窄，发展的空间越少，她不敢稍许松懈，害怕一旦松手，面前一片荒芜。

谁想知道那些大树为什么会在大风中倒下？它们是移栽，根系浅，如今还生长在那儿，不过是在等待下一次级别更高的风，它们根本来不及分娩，就被绝育了。

银灰色卡曼停在红荔路和新洲路路口，等待绿灯放行。这个路口的红灯很长，即使此刻只有它一辆，车的主人也习惯地等在那里。

卡曼已经绕着莲花山行驶了一圈，现在，陶问夏要从手机里翻找出流浪猫狗收容站的电话。她很清楚，要是查起来，在成为流浪汉之前，车上这些家伙大都按照《城市养犬管理条例》进行过登记和检疫，取得过合法户籍，但政府可没有为它们安排经济适用房和廉租房，收容站的人会抱歉地告诉她，她应该把它们送到犬类保护协会去。这个她会。她不打算指望谁。她没有打算指望任何人。只是，她不知道流浪狗基地是否还在原来的地方。他们拿不到用地计划，已经搬十次家了。

陶问夏那么想着，风依然刮得紧，赵在风头上把电话打了进来：

"听说了吗？大梅沙的'天长地久石'垮了，两块石头只剩下一块，没有天长地久了！"

赵口气焦虑，透露出一丝抱歉。他们有足够的默契，从不通电话，也不会拿各自失去配偶这件事情来烦对方，但显然有什么事情让他崩溃。那是什么？不过是两块耸立在海边的石头，被风吹垮了，它们怎么啦？男人怎么啦？他们看上去那么优秀，这个世界是他们创造的，诞生和毁灭都因为他们，可他们倒下去也太容易了，根本用不着22号这个级别的台风来帮忙，他们为什么不爬起来，要一个劲地在风雨中打滚？

"听说，"赵迟疑了一下，"垮掉的石头里露出了砖头，就是说，它是假的。"

原来这样。陶问夏完全说不出话。她越来越说不清楚，她到底在意什么，是离开的那些人，还是他们留在某些皮制或者棉制品中的灵魂？

她挂断了电话。

红灯依然亮着，和热带气旋一样执着。天气好的时候，路过这一带，能闻到公园里飘来花草芬芳，这个时候应该是桂花开的季节，桂香让人心情舒畅，要是晚上，还能听见山上牛蛙愉快的叫声。

陶问夏觉得，这真是一个奇怪的世界，人们从内地来到这里，把自己变成南方人，再变成国际人，最终能变成什么，谁也不知道。其他族群的生命也一样，在代季遗传中，把自己变成黑眼睛尖嘴烟灰色皮毛乍立着两只大耳朵的杂种移民，分辨不出谱系。是不是人们都变了，这个世界只剩下她一个人，她还得循规蹈矩，守住血缘，等待红灯？

那么想过，陶问夏快速做了决定，回到家，她就找只包装袋，把那双男式皮拖鞋装进袋里，丢进垃圾收纳桶。不过，她现在还不打算去做这件事，她先得把车上这些家伙送到该去地方，安顿好，为自己弄杯热水，一口一口喝掉，让自己缓过劲来。

红灯闪动几下，终于换成绿灯。

陶问夏没有动，让卡曼停在那儿，享受着绿色的清凉之意。她看见一样闪着金属光泽的黑色物体掠过马路飞了过去。是一只鸟儿。不可能，但只能是。她看不清是哪种鸟，甚至看不清它伸展开的翅膀，实际上它像弹丸一般眨眼消失在怒号的狂风中。谁叫她是工科博士！她在脑子里快速复盘出那个小家伙努力平衡着身体，奇怪地挣长脖颈向前飞去的轮廓。

不是她一个人在风中。

这场风不独属她，但风中的生命是同类。

没人喜欢台风，它会把一切吹走，什么也不留下。可是，所有曾经存在过的，那些快乐和痛苦的日子，还有连接它们的某个拐角处，以及在那儿现身的生命，比如从新洲路转向莲花路的拐角，那只可能连翅膀都没能抻开却飞行在暴风中的鸟儿，它们就像伙伴一直伴随着她，让她欣慰，她应该谢谢它们在那儿，没有走开。

她记得邹茂茂有一件"自由兵幽灵"战术雨披，一双深色工装靴，在他的徒步行囊里，他没有带走，她可以穿上它们，返回来，去莲花山上救那几个熟人。也许它们正打算逃亡，却找不到人营救；她只要避开狂风中摇摇欲坠的大树，看仔细，它们躲在雨林溪谷还是漾日湖畔，最好不是风筝广场，那里了无遮拦，有一些不管用的簕杜鹃，风会把它们吹得满地打滚，也不是桃树林和风铃木林，作祟的树木会吓坏它们。也许它们可以去山顶广场，那里有一尊七吨重的铜像，铜像的主人经历过暴风骤雨，见多识广，他会告诉它们怎么韬光养晦，从头来过，何况，几十年前，人们想放弃的时候，他曾经隐晦地提到过它们；这样，她去那里就很容易找到它们，把它们带离大洪水，她也一起离开。

只是，需要风停下来。雨大没什么，风不行，风会搅乱一切。

2018 年 10 月 18 日